Edmund Veckenstedt

Das Paradies und die Bäume des Paradieses

Edmund Veckenstedt

Das Paradies und die Bäume des Paradieses

ISBN/EAN: 9783743419742

Hergestellt in Europa, USA, Kanada, Australien, Japan

Cover: Foto ©Andreas Hilbeck / pixelio.de

Manufactured and distributed by brebook publishing software (www.brebook.com)

Edmund Veckenstedt

Das Paradies und die Bäume des Paradieses

Das Paradies
und die Bäume des Paradieses

sowie

ihre angeblichen Ebenbilder bei den
Chaldäern, Persern, Indern, Griechen, Nordgermanen
und Norddeutschen

nach

Religion, Mythologie, Meteorologie, Naturwissenschaft
und Volksanschauung

von

Edm. Vockenstedt,
Dr. phil.

HALLE a. S.,
Druck und Verlag der Heynemann'schen Buchdruckerei, Gebr. Wolff
1896.

Vorwort.

Ist der linke Flügel der protestantischen Theologie eifrig damit beschäftigt, unsere christliche Religion in Mythologie aufzulösen, sucht die sogenannte Vermittlungstheologie, der Arianismus unserer Zeit, Christus als ein Wesen zu erweisen, welches nicht Gott aber auch nicht voller Mensch ist, und damit in Wirklichkeit nur als eine jeweilige Gestaltung ungesunder Einbildungskraft und unwahrer Auslegungskunst erscheint, so ist nun zu sagen, dass die vorliegende Schrift im Gegensatz zu den also gekennzeichneten Erscheinungen ihren Ausgang von der Mythologie genommen hat, um ihr Endziel in der Religion zu finden. Es mag dies aber als Beweis dafür zu gelten vermögen, dass die Wissenschaft nicht Feindin der Religion zu sein hat, wohl aber, dass sie von derselben Anregungen zu Forschungen empfängt, die zur Vertiefung die Wege weisen, welche die Beantwortungen von Fragen ermöglicht, denen die Mythologie bereitwillig die Pforten geöffnet hatte, die in das Reich der Verwirrung führen. Denn allerdings war die Nachforschung nach dem Wesen des wilden, heiligen und Gebrauchsfeuers unserer vergleichenden Mythologen, sowie nach dem Wolkenparadies unserer Germanisten zunächst der Anlass, dass ich mich den naturwissenschaftlichen und meteorologischen Studien zuwandte, deren Ergebnisse in den in dieser Schrift angeführten ausführlichen Abhandlungen niedergelegt sind, sowie in einigen von den zwanzig Vorträgen, die ich zum grössten Teil in den wissenschaftlichen Vereinen unserer Stadt im letzten Jahre gehalten, ausgesprochen wurden: sodann führte mich die Ergründung und damit die Neigung zur Zustimmung oder Verwerfung der seltsamen Aufstellungen unserer Wodan- und Friia-Verehrer, unserer Frau Holle- und Ostara-Propheten zum Studium der Geschichtsschreiber der deutschen Vorzeit, diese zu demjenigen der Kirchenväter, diese zu den Poenitentiarien, diese zum Koran und zur Bibel. Und so wagt sich denn diese Schrift an das Licht der Welt in der Hoffnung, dass sie Zeugniss dafür ablegen wird und kann, dass der eingeschlagene Weg kein Irrweg ist, welcher uns durch baumbestandene Gelände hinführt zum Paradiese und dem Garten in Eden: zu dem Paradiese, in welchem mit Bezug auf Lucas 23,43, nach seiner Verklärung und Wandlung in dasjenige des Himmels, mir das Teuerste auf der Welt weilt, meine herzensgute und hochbegabte Tochter Wanda, mit der im Gedanken mich eins zu wissen ich jeden Tag die trostreiche Empfindung habe, in deren Gedenken ich zu verharren verhoffe, bis meinen Arbeiten das Ende gesetzt ist, dass mein Leib dort ruht, wo sie ruht.

Halle a. S.

Edm. Veckenstedt.

1. Zur Einführung.

Das Wort, welches in uns Vorstellungen höchster Wonne erweckt, sprachlich aus dem Persischen zu erklären, ist uns ebenso geläufig, wie die Möglichkeit noch nicht gefunden ist, die Lage der Landschaft trotz mehr als zweitausendjähriger Anstrengung sicher zu bestimmen, in welcher wir den Garten in Eden zu erkennen haben. So mag man es zunächst leicht als vermessene Anmassungen ansehen, dass wiederum eine Schrift der Bestimmung dieser Landschaft gewidmet ist, aber ich meine, dieses Urteil hat mit der Thatsache zu rechnen, dass die gehäuften Beweise, welche unsere Zeit aus der Mythologie vermeint entnehmen zu können, statt dass dieselbe die Wahrheit gefördert, in eben dieser Schrift als verwirrende sich herausstellen werden, sodass eine eingehende Zurückweisung dieser Art von Forschung Anspruch auf volle Beachtung haben dürfte, da es immer seine Bedeutung hat, den Irrtum zu erkennen und als solchen zu erweisen, wobei wir uns ausserdem der Hoffnung hingeben, dass die in allen Einzelheiten geführten Untersuchungen mehr als eine Erzader werden zu Tage treten lassen, dass uns das Wesen des Paradieses durch die Religion selbst um so verklärter erscheinen wird.

Denn allerdings geht die Neigung unserer Zeit vielfach darauf hinaus, an Stelle der Religion eine erkünstelte Religionswissenschaft zum Heile der „denkenden Menschheit" zu fordern, an Stelle der Mythenforschung bei jedem Volke und der Klarlegung jeder einzelnen Gestalt von Mythos und Volkssage ungesunde Scheingestalten je nach Einfall und Bedarf zu formen, welche nicht das Volk gezeugt, sondern die vergleichende Mythologie aus der Begattung von erträumtem Urmythus und der stets bereiten Deutung, nach einer nicht klar erkannten Naturerscheinung: und da erscheint es denn doch geboten, sobald dieser Feind der wahren Forschung erkannt ist, solcher Neigung und Übung entgegentreten zu sollen, zum Steuer der

Wahrheit, zum Nutzen der Religion und somit zur Befriedigung des edelsten Herzensbedürfnisses des Menschen. Und nun treten wir sofort in die Untersuchung ein, indem wir zunächst zu ermitteln versuchen, wie es denn gekommen, dass die Mythologie die Frage nach der Lage und dem Wesen des Paradieses, sowie der Bäume des Gartens in Eden glaubt gelöst zu haben, da gerade die Mythologie als diejenige Wissenschaft bezeichnet werden muss, welche bis jetzt die am wenigsten scharf und klar erwiesenen und bestimmmten Ergebnisse bietet.

2. Götter, Helden und Dämonen.

In der germanischen Mythologie von E. H. Meyer (Berlin 1891) und in entsprechender Weise in den Arbeiten, welche den Vertretern der Ideen dieses Gelehrten verdankt werden, finden wir als die ersten Gestaltungen der ursprünglichsten überirdischen Wesen unserer Vorfahren im frühen Heidentum die Naturdämonen aufgeführt und behandelt. Zu diesen Naturdämonen stellt E. H. Meyer sodann die höheren Dämonen, ohne dass er für diese Scheidung und Zusammenstellung jedoch einen Grund anzugeben weiss, welcher der Beachtung wert ist.

Darauf lesen wir bei unserem Gelehrten die Behauptung, dass sich aus den Gewitter-, Wind- und Wolkendämonen niederer und höherer Art parallel und wahrscheinlich ziemlich gleichzeitig die zwei Hauptgruppen höchster mythischer Wesen entwickelt haben, die Götter und Heroen.

Aus diesen Aufstellungen werden wir es zwar begreiflich finden, dass E. H. Meyer seine Götter, Helden und Dämonen der Natur als ihrer Ursprungsstätte überweist, doch aber uns der Bedenken nicht zu entschlagen vermögen, dass er unklare Wege wandelt, da er das Wesen und die Fülle der Äusserungen dieser verschiedenen Gestaltungen allein in Erscheinungen von Blitz, Wind und Wolke auflöst, denn es heisst das doch eigentlich nichts anderes, als unseren Vorfahren in den Schöpfungen ihrer Mythologie einen Mangel an Anschauungsvermögen und Vorstellungskraft zuschreiben, wie wir denselben eigentlich nur in den Schriften der Vertreter dieser und jener Scheinwissenschaft zu finden gewohnt sind. So soll denn, um an klaren Beispielen die Berechtigung der ausgesprochenen Behauptung zu erweisen, eben nach der Ansicht des Herausgebers der fleissig zusammengetragenen, aber ungenauen und kritiklosen „Deutschen Mythologie" von Jacob Grimm, E. H. Meyer also, Wodan nur die Gestaltung des Windes sein, Wieland der Schmied nur des Wetterleuchtens, der Marendruck nur den Wind-, Wolken- und Nebeldämonen zuzuschreiben sein, wie unser Mythologe zwar nicht beweist, aber doch als Ergebniss seiner Forschung hinstellt. Nun ist aber darauf hinzuweisen, dass die Geschichtsschreiber der deutschen Vorzeit, soweit sie Tacitus ab- oder nachschreiben, Wodan allerdings mit Merkur gleichsetzen, welcher denn doch noch nicht einmal als Windgott auch nur der Völker latinischer Zunge durchaus sicher erwiesen ist, oder es sonst wahrscheinlich machen, dass Wodan dem Juppiter entspricht, wie die Römer schreiben, und ich sehe keine Möglichkeit, auch diesen Gott der heidnischen Tiberanwohner in Wind zu verflüchten, vor allem aber und mit klaren Worten mit Mars, und als solchem nicht als einem erträumten Frühlingsgott, sondern dem Gott des Krieges, entsprechend der Gestaltung der Kriegswut unserer deutschen Vorfahren; Wieland der Schmied aber ist Schmiededämon und Feuergott, und zwar des gebändigten Gebrauchsfeuers dieser unserer Erde, während der Maren- und Alpdruck dem überladenen Magen und der erschwerten Atmung des Schlafenden in dessen beängstigten Träumen sein kurzes Dasein verdankt.

3. Die Himmelslandschaft.

Ist nach E. H. Meyer der Hauptschauplatz seiner germanischen Naturdämonen das Luftgebiet, und als solches eine Himmelslandschaft, so erfahren wir nun, dass bereits die Indogermanen in dem Mittelpunkte der Landschaft einen riesigen Wolkenbaum gehabt haben, ein Wolkengebilde also, welches unseren Landleuten noch heute am Himmel bekannt und von denselben je nach dem Gelände Regenbaum genannt werden soll, Wetter-Abrahams-Adamsbaum, Wetterbesen und Windwurzel. Wer mit den wirren Vorstellungen und den unfreien Auslegungskünsten unserer vergleichenden Mythologen vertraut ist, den wird es nicht in Verwunderung setzen, dass von denselben mit diesem Wolkengebilde auch die sagenberühmte Esche der Edda gleichgesetzt wird, mit der Weltesche der Nordgermanen aber als gleichwertig verschiedene sagenumspielte oder in Mythen verherrlichte Bäume anzusehen sein sollen, welche in Griechenlands, Persiens und Indiens Gefilden ihre

Heimstätte haben, nicht minder in der Euphrat- und Tigrisebene und in dem Garten im Eden der Bibel. Und so gilt denn der Beweis als geführt, dass der Garten in Eden nach ursprünglicher Anschauung sich den Wolken des Himmels gleichsetzt, welche am Horizonte aufgezogen sind, der Paradiesesbaum aber jenem bekannten Wolkengebilde, welches unsere Bauern sehr wohl kennen, das aber vor meiner Schrift „Zur Wolkenkunde, Mythologie, Volksanschauung und Meteorologie" (vergl. Das Wetter, Dezember 1893 bis Mai 1894, Braunschweig) sich der rechten Kenntnissnahme entzogen hatte, und zwar nach Wesen und Bedeutung.

Spinnen wir nun im Sinne unserer vergleichenden Mythologen die Wolkenscenerie des Himmels in dem Edenbericht weiter aus, so wären in diesem Falle Adam und Eva als die Naturdämonen des Luftgebietes anzusehen, die Cherubim mit der Flamme des zuckenden Schwertes als die Helden, die Götter aber würden sich aus Jahve-Elohim ergeben, denn nur der Paradiesesbericht hat diese Doppelbezeichnung für Gott, welche in getrennte Götter oder Götter und Dämonen zu zerlegen für den vergleichenden Mythologen von irgend welcher Schwierigkeit nicht sein dürfte. Da nun zudem das ebräische Wort Elohim eine Mehrheitsbildung ist, welche man auf den allerdings ungebräuchlichen Stamm El in der Bedeutung „stark, mächtig" zurückführt, aus welchem Stamme die Bildungen Ilu, Baal, Allah geflossen wären, so erleichtert sich für unsere Gelehrten der berührten Art demnach der Scheinbeweis ganz ungemein, dass nicht nur die Götter der gesamten Semiten aus einer einzigen Vorstellung und ihr Name aus einer einzigen Wurzel entsprossen sind, sondern auch die Dämonen. Natürlich würden alle diese semitischen Götter und Dämonen dem Luftgebiet zu überweisen sein, wie wir gesehen, der Garten der altebräischen Überlieferung sich gleichsetzen der Himmelslandschaft, welche die jüngste germanische Mythologie unserer Jahrzehnte erst ersonnen hat. Mit solchen Aufstellungen wäre denn die Scheidung aufgehoben zwischen Arier und Semit, welche Scheidung Rasse und Religion seit den frühesten Zeiten vollzogen haben, und das durch Behauptungen, welche ihren Ausgang genommen von der Erscheinung und Äusserung von Blitz, Wind und Wolke. Immerhin ist für diese Art von Forschung zu bedauern, dass es noch immer nicht gelungen, die Bedeutung des Stammes El, welcher im Ebräischen nur vorausgesetzt wird, auch nur mit dem Arabischen in Übereinstimmung zu bringen, da derselbe dort „erstaunen, sich scheuen" bedeutet, wie auch bis jetzt noch kein Landmann gefunden ist, welcher die erträumte Himmelslandschaft kennt, geschweige denn sie als Paradies angesehen oder als deren Ebenbild gedacht hat.

4. Der Garten in Eden.

Nach dem Bericht des Jahve-Elohim-Erzählers pflanzte Jahve-Elohim einen Garten in Eden, gegen Osten.

Wo liegt nun dieser Garten?

Wie die germanische Philologie eine Himmelslandschaft erträumt hat, so hat auch die semitische Auslegungskunst die Lage des Gartens in Eden auf das genaueste zu bestimmen gewusst, aber allerdings nicht am Himmel, sondern auf dieser unserer Erde. Von diesen verschiedenen Bestimmungen sei die, wenn nicht neueste, — denn dieselbe mutet uns sogar zu, Flüsse für Meere und Wasser für Land zu setzen, wobei wir den Ursemiten eine Heimat andichten müssten, die der Wirklichkeit nicht entspricht — also wenn nicht neueste, so doch sicher bedeutsamste hier erwähnt, also diejenige von Fr. Delitzsch, da dieselbe als die eingehendste gepriesen zu werden pflegt. Nach dieser Bestimmung ist aber das Paradies eine babylonische Landschaft und zwar soll der Garten nahe derjenigen Stelle gelegen haben, wo die grösste Riesenstadt des ganzen Altertums gestanden hat, Babylon also, das „Thor des Ilu", wie dieselbe von semitischer Zunge bezeichnet wurde.

Sehen wir uns nun die Begründung der Aufstellungen von Fr. Delitzsch näher an, so finden wir, dass er in denselben mit unklaren, assyrischen und anderen Etymologien arbeitet, welche erst dann ausführlichste Widerlegung verlangen würden, wenn nicht schon die eine Thatsache die Annahme des weiland leipziger Gelehrten zur Unmöglichkeit machte, dass Fr. Delitzsch zwei Kanäle, und zwar künstliche, demnach also kunstvoll hergestellte Wasserleitungen, als Urströme des Paradieses aufzustellen sich bemüssigt gefunden hat.

In dem Bericht über den Garten in Eden im alten Testament fehlen die Angaben, welche nötig sein würden, wollten wir den

Versuch machen, die Lage desselben in einer Landschaft von dem Umfange von wenigen Meilen zu suchen, doch aber sind dieselben hinreichend, um zu zeigen, auf welchen allgemeinen Raum auf Erden die biblische Beschreibung hinweist.

So unterliegt es keinem Zweifel, dass von den vier Paradiesesströmen der Frat der Euphrat ist, der Khiddequel der Tigris. Für fraglich gilt, ob wir den Pischon als Phasis, Ganges oder Indus zu bestimmen haben, den Gichon als Araxes, Oxus oder Nil.

Aber ich meine, auch hier ist eine Klärung sehr wohl möglich. So ist es zwar nichts als eine leere Redensart, wenn Spiegel in seiner gewohnten Art der Forschung alles das, was er bietet, zwar nicht tiefer zu begründen, dafür aber möglichst bequem sich zurecht zu legen, den Gichon als den Oxus anspricht, weil dieser Fluss für die Abrundung des Gartens in Eden am passendsten erscheint; aber auch der Araxes kann, wie andere Gelehrte wollen, mit dem Gichon nicht gleichzusetzen sein, denn es sagt der Paradiesesbericht von demselben: „Das ist der, welcher das ganze Land Kusch umströmt." Nun bezeichnet aber Kesch oder Kusch, ägyptisch wie semitisch, das Land der dunkelfarbigen Aethioper, der ächten Neger der Westküste Afrikas also, der Binnenstromländer des oberen Niles, wie der braunen Völker am mittleren Nil und im Ostküstenlande.

Demnach ist der Gichon also allein als der Fluss Nahal des schwarzen Landes, — Chemi nach unterägyptischer, Kemi nach oberägyptischer Aussprache, demnach also als der Nil zu bestimmen.

Soll der Pischon bald Phasis, bald Ganges, bald Indus sein, so lassen wir uns zur näheren Prüfung dieser Behauptungen zunächst die Worte des alttestamentlichen Berichtes gesagt sein, welcher lautet: „Pischon das ist der, welcher das ganze Land Chavila umströmt, woselbst das Gold ist, und das Gold jenes Landes ist gut. Dort findet man auch den Bdolach und den Stein Onyx," — wie Schrader hat.

In Bezug auf Bdolach ist zu bemerken, dass Luther Bedellium hat und Gesenius dazu sagt: „Luther Bedellium, ein durchsichtiges, wohlriechendes Harz eines arabischen Baumes," während Gesenius zu dem Stein Onyx, der im Urtext Schoham heisst, nur schreibt: „Ein gewisser Edelstein, gewöhnlich Onyx" (also doch wohl gewöhnlich so erklärt). Auch die sogenannte Probebibel hat wiederum nur die Lutherübersetzung, während Kautzsch und Socin in ihrer Genesis einfach Bedolharz und Schoham-Stein bieten.

So hätten wir denn, wenn nicht als Eigentümlichkeiten, so doch sicher als besonders wichtige Produkte des Landes, welches der Pischon umströmt, Gold, Bdolach, den Stein Schoham.

5. Die zwölf Edelsteine am Amtsschilde des Hohenpriesters.

Von den Neueren hat François Lenormant die lebhaftesten Anstrengungen gemacht, den Stein Schoham zu bestimmen, wie er denn auch versichert, es seien alle Deutungen der Früheren auf Onyx, Sardonyx, Beryll, Prasem, Smaragd, Saphir, Krystall (Graecus Venetus), Jade verfehlt, der Stein Schoham sei der Türkis oder Lapis-Lazuli, denn derselbe sei der Abnu Santu der Keilinschriften, welchen das Akkadische taq guk, blauer Stein übersetze.

Hiergegen muss ich bemerken, dass Fr. Lenormant ein grosses Gewicht auf keineswegs gesicherte Deutungen der Keilinschriften legt, welche erst dann der höchsten Beachtung wert sein würden, wenn die ebräische Altertumskunde dazu volle Einstimmung zu bieten vermöchte.

Nun begegnet uns der Stein Schoham aber wiederholt im alten Testamente, bei Moses 2, 28 finden wir ihn gewählt, damit darin die Namen der Kinder Israel eingegraben werden (Vers 9 und 10), und die beiden also geschnittenen und in Gold gefassten Steine auf die Schultern des Brustkleides Aarons, also des Hohenpriesters geheftet werden. Das Amtsschild, oder wie andere Uebersetzer haben, denen denn doch aber das Wesen einer Tasche nicht recht klar zu sein scheint, noch die Amtstracht des hohen Priesters, eben dann, wenn er in der vollen Bedeutung und Bethätigung seines Amtes auftritt an geweihter Stelle, die Orakeltasche führt gleichfalls den Stein Schoham, und zwar in der Genossenschaft von elf andern edlen Steinen: die zwölf edlen Steine sind geschnitten, sie tragen die Namen der zwölf Stämme der Kinder Israel und stehen also zu denselben in näherer Verbindung.

Zur näheren Bestimmung des Steines Schoham ergab sich mir nun die Aufgabe, zu untersuchen ob die Benennung der zwölf edlen Steine des Amts-Schildes in den Bibelübersetzungen eine sichere sei.

Da ergab sich mir denn, dass in den Uebersetzungen und demnach in den nichtsemitischen Benennungen dieser zwölf Edelsteine von der Septuaginta bis Luther, von De Wette und Kautzsch bis zur Probebibel eine Uebereinstimmung nicht zu finden ist, dass aber fraglos Unklarheiten und falsche Bezeichnungen in denselben zu Tage treten. So hat Fr. Lenormant in „Les Origines de l'Histoire" eine grosse Menge von Deutungen des Steines Schoham, Kautzsch übersetzt unbegreiflicher Weise die Steine nach der Septuaginta, trotzdem er wissen muss, dass die Septuaginta nicht treu übersetzt, da diese Uebersetzung nicht ohne Nebenabsichten veranstaltet ist. Wäre Kautzsch, wie es seine Pflicht war, dem Altebräischen gefolgt, so vermochte er mindestens zwei der edlen Steine allein der Sprache nach zu bestimmen und zu übersetzen; statt dessen übersetzt er, wie bemerkt, die Steine allein nach der Septuaginta, aber doch nur deren elf, denn den Stein Schoham übersetzt er überhaupt nicht, womit er also zugiebt, dass eben die Septuaginta nicht zuverlässig ist, da er sonst auch den Stein Schoham nach ihr hätte übersetzt bieten müssen. Sodann habe ich darauf hinzuwiesen, dass die Probebibel, Stier, v. Meyer, Luther unter den zwölf Steinen den Diamant haben, welcher gar nicht am Amtschild gewesen sein kann, da man denselben in den alten und ältesten Zeiten nicht zu schneiden vermocht hat, soweit unsere Beweise zu führen sind.

Somit ergiebt sich als erster Grundsatz für die Bestimmung der edlen Steine, dass es sich nur um solche handeln kann, welche der Steinschneider zu bearbeiten vermochte. Die Kunst des Steinschneidens führt uns aber in die ältesten Kulturländer, besonders in Ägypten, in jene frühen Zeiten zurück, dass nichts dem entgegensteht, nicht annehmen zu sollen, dass wenigstens zur Zeit des Königs Salomo zwölf edle geschnittene Steine den Amtschild geziert hätten, während neuere Gelehrte in Bezug auf die Abfassung des Textes, also 2. Mos. Kap. 28 und 39, in welchen die Steine aufgezählt werden, uns auf die Zeit des 9.—5. Jahrhunderts hinweisen: freilich haben sie stichhaltige Gründe für ihre Zerreissung des Urtextes nicht, aber wie nun heute einmal die Zeitströmung ist, so genügt es im Sinne der spanischen Juden des Mittelalters, des Arztes Isaak Ibn'-Kastar Ben-Jasus und des Schelmes Ibn-Esra, sowie des grossen Denkers aber unglaublich kindlichen Kritikers Spinoza und des Arztes Jean Astrüc, gesonderte Texte und Interpolationen zu erfinden, um diese angebliche Geistreichichkeit mit dem Ruhme gründlichster Kenner der semitischen Sprachen belohnt zu sehen.

Ausser der Thatsache, dass man die zwölf edlen Steine nur unter denjenigen suchen darf, welche die Zeit des Königs Salomo zu bearbeiten vermocht, wenn nicht schon die ältere ägyptische, ist sodann darauf aufmerksam zu machen, dass einige Beweise für die Bestimmung der altebräischen Sprache zu entnehmen sind, denn wenn der Urtext selbst von dem Stein Saphir und Jaschpah redet, wie auch von dem Stein Tharschisch, so sind damit mindestens der Saphir der Alten und der Jaspis gegeben: es ist nun überaus drollig, das unlogische Verfahren von Kautzsch in diesem Falle zu beobachten, welcher nicht nur, wie schon bemerkt, 11 Steine nach der Septuaginta übersetzt, den zwölften aber gar nicht, also seine Quelle selbst damit mittelbar wie unmittelbar als trübe bezeichnet, so als fünften Stein zwar den Saphir hat in Übereinstimmung mit der Septuaginta und Vulgata und in diesem Falle mit dem Urtext, den Stein zwölf aber, den Jaschpah mit Onyx übersetzt, also wie bemerkt, nicht nach dem Urtext, sondern nach den Einfällen der Septuaginta.

Aber es ergab sich mir, dass noch eine dritte Möglichkeit zur Bestimmung der edlen Steine gegeben ist, und diese erschloss sich mir aus dem Wesen der Farbensymbolik. Durch mein Studium der Schriften der altchristlichen Kirche wie des Wesens und des Gehaltes der katholischen, bin ich zu der Überzeugung gekommen, dass wie in der katholischen Kirche die Kenntniss der Symbolik die tiefere Bedeutung von Farbe und Form erschliesst, so auch die altebräische Kirche die Symbolik als bestimmendes Gesetz für Farbe und Form gekannt und geübt hat. Selbst das alte Ägypten ist in seinen kirchlichen Heiligtümern und den Attributen und Gewandungen des Herrschers von Symbolik erfüllt.

Wie ich bereits in meiner griechischen Farbenlehre die haltlosen Träumereien der Augendarwinisten zurückgewiesen habe, welche in der Ansicht schwelgten, es hätten die alten Semiten und Arier die Farben nicht unterschieden, weil sie dieselben nicht zu sehen vermocht, so begegnet uns auch Wahl und Wechsel verschiedener fein abgestufter Farben, sicher nach tiefsinniger Farbensymbolik gewählt, eben in der Pracht der Kleidung des hohen Priesters, denn nicht nur die „weissen Kleider", Leibrock, Gürtel, Kopfbedeckung (hohe Mütze), Hüftkleid, sondern auch die „goldenen Kleider", also Oberkleid, Ephod, (oberes Priesterkleid, welches über dem Oberkleid getragen wurde), Brustkleid, Diadem sind mit Goldfäden durchwebt, auf weissem Grunde mit Purpurfäden, also mit Scharlach-Vollrot und Hyazinth- oder Violettpurpur, denn das Wesen des Purpurs ist eben der Blau- bis Violettschimmer, welcher über den Untergrund von Orange, Rot, Vollrot und Dunkelrot läuft, aber auch über denjenigen von Weiss, wie man das in jedem Winter auf denjenigen Schneeflächen beobachten kann, auf welchen der Sonnenschein lagert, über welche der Wolkenschatten dann sich wechselnd dehnt, wie bei dem Porphyr, welcher dem Nahblick rot erscheint, purpurn in der Ferne und bei nicht klarem Wetter, so dass derselbe nur so gesehen, den Namen Purpurstein erklärlich finden lässt.

Es ist demnach anzunehmen, dass die zwölf edlen Steine die Farben und Farbenabstufungen gelb, gelbrot, orange, rot, blau, hyazinth, violett gezeigt haben.

Nachdem ich diese Überzeugung gewonnen, gewährte mir der Rabbiner unserer Stadt, Herr Dr. Fessler, die weiteren Einblicke in das Vollmaterial der semitischen Philologie, zur weiteren Prüfung und besseren Befestigung meiner Aufstellungen, welche ich nun biete.

Die zwölf edlen Steine zerfallen in vier Reihen, jede Reihe hat drei Steine.

In Reihe eins finden wir Odem, Piteda, Bareketh, wofür sich die Steine Sarder, Topas, Smaragd bieten.

Weist Odem auf das Rot des Steines hin, so hebt Plinius die rote Farbe des Sards aus Indien hervor, Agatarchides aber spricht von der lieblichen Goldfarbe des Topases. Da nun das Aramäische bei Stein zwei nicht nur auf grün hinweist, sondern auch auf gelb, wie das in der Bezeichnung für die Gelbsucht besonders klar hervortritt, so lässt sich die Wahl des Topases an dieser Stelle sehr wohl begründen, und zwar in Übereinstimmung alter und neuer Anschauungen, wie die Nachricht des Agatarchides solche anzunehmen erlaubt.

Haben wir bis jetzt die beiden Steine in den Farben Rot und Orange gefunden, so werden wir nun nach dem Blau auszublicken haben, wie wir solches als Grundfarbe wie als Schiller- oder Purpurfarbe finden. Diese Farbe aber vermag der Smaragd zu bieten, denn es redet Diodorus Siculus von dem Smaragd in den Erzgängen mit der Farbe des Himmels, und auch unsere Bücher von der Steinkunde kennen den blauen Smaragd, dessen seltneres Vorkommen seinen Wert nur erhöht haben wird.

In Reihe zwei finden wir die edlen Steine Nophech, Saphir, Jahalom.

Da der Saphir der Alten unserem Lapis lazuli entspricht, welche Benennung dem Arabischen enstammt und auf die Farbe des Himmels hinweist, so ist über den Stein und seine Farbe ein Zweifel nicht wohl erlaubt. Führt uns der Stein Jahalom zu einer Schillerfarbe, ist eine andere semitische Bezeichnung für denselben Kaschalong, welches Wort den Sardonyx bezeichnet, so haben wir nun festzustellen, dass der Sardonyx in der That die gewünschte Farbe bietet, da wir bei demselben nach seinen roten und braunroten Lagen zu dem Übergang und damit dem Schillern der Farbe sehr wohl zu gelangen vermögen.

Bei dem Stein Nophech ist im Ebräischen die Möglichkeit geboten, zu der Farbe zu gelangen, welche die mit Schminke belegte Augenbraue umspielt, also zu Rot bei dunklem Untergrunde. Dieses Rot vermag der Rubin zu gewähren, dessen lateinische und griechische Bezeichnungen, Karfunkel für Carbunculus und Anthrax eben beweisen, dass sie auf eine rote Farbe Bezug nehmen, welche wie ein roter Funken die schwarze Kohle umspielt und zwar in der Abstufung nach gelb zu.

Demnach hat die zweite Reihe der Edelsteine die Farben Karmesin, welche wir dem Rubin beizulegen gewohnt sind, himmelblau mit Goldblättchen punktiert, rotbraun bis rot.

In Reihe drei finden wir die Steine Leschem, Schebo, Ahlama.

Von diesen drei Steinen weist die Verknüpfung von Ahlama mit Zaubern und Zauberei auf den edlen Stein hin, welchen man sehr wohl als den Zauberstein der Alten zu bezeichnen vermag, nicht dass er selbst unholden Einfluss ausübt, sondern einem solchen den Zugang wehrt. Somit ist es nur natürlich, dass der edle Amethyst nicht nur den Ring des Bischofs in tiefsinniger Symbolik schmückt, sondern auch den Amtsschild des Hohenpriesters.

Hat Herr Dr. Fessler bei Stein zwei Neigung, sich für den Türkis zu entscheiden, so muss ich darauf hinweisen, dass die Septuaginta und die Abschreiber oder Übersetzer derselben hier den Achat haben, denn Josephus, welcher scheinbar abweicht, bietet hier wie in Reihe zwei und vier die Steine nur in anderer Ordnung, sodass er dem Achat und Amethyst eine gewandelte Stellung anweist. Und hier sei nun beiläufig darauf hingewiesen, dass Kautzsch, der Hauptvertreter der Zersetzungstheorie des alten Testamentes und somit der Ideenvertreter der spanisch französischen Ärzte semitischen Blutes, aber nicht philologischer Schulung, sich mit dem Hinweis darauf auf die Septuaginta stützt, dass die Vertreter derselben, also die Übersetzer doch die Edelsteine besser gekannt haben müssten, als uns das vergönnt ist; aber auch Josephus giebt nicht nur, wie bemerkt, die Steine in anderer Reihenfolge wie der Urtext, sondern auch das, was er von den Zierraten des siebenarmigen Leuchters angiebt, stimmt nicht zu dem biblischen Text, wie sogar die Abbildung an dem Triumphbogen des Titus von der biblischen Beschreibung des Zierrates abweicht, wie denn der Künstler an dem Triumphbogen sogar drachenartige Tiergebilde mit Schlangenschwänzen angebracht hat, welche der heidnischen Phantasie desselben entstammen, nicht aber der Bibel. Somit erweist sich die Entschuldigung von Kautzsch als leeres Wort, seine Kritik als eine nicht aus der Wahrheit und Beachtung der Verhältnisse, welche in Betracht zu ziehen sind, hervorgegangene.

Doch wir kehren zu unseren edlen Steinen zurück. Was uns die Entscheidung nach der Farbe zu Gunsten des Türkis zu bieten vermag, das gewährt sie auch für den Achat; der Türkis der Alten ist aber unser Chrysolith. Bei Chrysolith haben wir, wie der Name bezeugt, an die Farbenabstufungen von gelbrot bis rot zu denken, bei dem Achat nach seinen Lagen, von Chalcedon, Jaspis und Hornblende an gelb, gelbrot, rotbraun.

Für die Bestimmung des dritten Steines, also der Reihe nach von Stein eins, ist es mir bis jetzt nicht gelungen, andere überzeugende Beweise für die Wahl desselben zu finden, als derjenige etwa ist, welchen die Farbe aufzustellen erlaubt. Haben wir bis jetzt die Farbenabstufungen violett, und da wir auf Türkis-Chrysolith zu verzichten haben werden, wie sich uns alsbald ergeben wird, braunrot, rotgelb, so wird als dritte Farbe orange Einstimmung ergeben, wie sie der Ligyrion bietet, der Lynkurer, der gelbrote Hyazinth.

Reihe vier hat der Stein Tharschisch, Schoham, Jaschpah. Führt uns das Aramäische bei dem Stein Tharschisch zu dem Meere und damit zu dessen Farbe, welche der Südländer gern mit der Farbe purpurn bezeichnet, während wir gewohnt sind, von der grünen Farbe des Meeres zu sprechen, wenn den Himmel düstere Wolken bedecken und der Sturm in den Fluten desselben wühlt, von dem Blau des Meeres aber dann, wenn es in ruhiger Heitere daliegt, während wir blitzendes Gold sehen, wenn die Sonne ihre Strahlen in der leicht bewegten Woge bricht: so tritt nicht nur dieses wechselnde Farbenspiel für die Wahl des Steines bestimmend ein, sondern es haben sich die Übersetzer offenbar durch den Anklang der Laute Tharschisch und Türkis geleitet, hier für den Türkis entschieden, also für unseren Chrysolith. Da nun dieser Stein nicht nur grün gefunden wird, sondern auch gelb und hinüberschillernd in das Braune, so werden wir, denselben hier zu setzen, kein lebhaftes Bedenken haben, da sich in diesem Falle Sachgründe den sprachlichen gesellen.

Für Stein zwei hat das Aramäische Beryll. Von dem Beryll wissen wir, dass derselbe in Ägypten gefunden wird, und zwar der edle, durchsichtige, dass der Hauptfundort dieses Steines Indien ist.

Der Stein Schoham ist aber auch derjenige, welcher den Namen des Joseph trägt: es ist also der Stein dieses Stammes, welcher denselben mit Ägypten verbindet.

Hat Israel zu Ägypten vielfache Beziehung gehabt, so sind auch solche mit Indien zu erweisen.

So heisst es von Kain, dass derselbe aus der Gegend des Paradieses weit weg nach Osten gewandert sei und sich im Lande Nod niedergelassen habe. Dieses Land Nod wird in Hind, Indien wiedererkannt. Dann heisst es, dass er dort einen Sohn Chanoch erzeugte, der die erste feste Stadt Chanoch erbaute. Dieses Chanoch wird nun als Kannudsch nach arabischer Benennung bestimmt, es ist die indische Stadt Kanjakubdschah.

Noch immer ist Ophir, wohin der König Salomo seine Schiffe mit den seefahrtkundigen Leuten des ihm befreundeten Hiram sandte, am warhrscheinlichsten in Indien zu suchen: indische Waren und damit sicher auch edle indische Steine näher kennen zu lernen, hatten die Israeliten bereits in Ägypten mehr als beiläufige Gelegenheit, ebenso wie die edlen Steine Ägyptens selbst, und somit meine ich, dass wir mit dem Rechte, welches die ruhig wägende Forschung gewährt, ebenso sicher über Lenormants Überfluss von Übersetzungen des Steines Scholam hinweg schreiten können, wie über die offenbare Verlegenheit von Kautzsch, um als den Stein Scholam den Beryll des Aramäischen, den Stein des Joseph, den Stein des Jahve-Elohim-Berichtes zu bestimmen.

Ist der Stein Jaschpah eben auch den Lauten nach der Jaspis, so weist das Aramäische auf die Abart desselben hin, den Pantherstein mit seiner Farbenglut und in den Abstufungen von gelbrot bis braun. Wesshalb unser Textzerstörer auch hier den Urtext missachtet, den er doch zu übersetzen vorgiebt, und den Onyx der Septuaginta hat, müssen wir billig ununtersucht lassen, da eine Verteidigung des Onyx weder die Sprache zulässt noch die Farbe desselben, da ihn unsere Bücher als einen Stein mit grauen oder mit schwarzen und weissen Lagen bestimmen: ausserdem versagt der Onyx die Einstimmung zu den symbolischen Farben der heiligen Gewänder, und damit ist derselbe aus der Zahl der zwölf edlen Steine zu beseitigen.

6. Farben-Symbolik.

Ist die Ästhetik ihrem Namen nach eigentlich die Lehre von der Empfindung, so haben wir von derselben als Lehre zu fordern, dass sie uns die klare Erkenntniss davon vermittelt, welchen Eindruck die äussere Erscheinung auf uns hervorruft, und da die äussere Erscheinung farbig in die Welt tritt, vor allem die Farbe. Da wir hier nun auch schwarz und weiss zunächst als Farben zu zählen haben, so würde sich die Empfindungswelt in der Weise erläutern, dass wir dem Schwarz die Verneinung und Vernichtung jeder Lebensfreude und Lustempfindung zuschreiben, dem Weiss die Welt des Reinen, Edlen.

Gehen wir nun den Farben des Regenbogens nach, so haben wir braun als die Farbe des gesättigten Behagens zu erklären, rot aber als diejenige, welche die Leidenschaften erregt, bei Menschen und Tieren, während orange heitere Vorstellungen weckt, gelb aber dasjenige angenehmer Befriedigung. Ruft das Grün eine sehnsuchtsvolle Erregung in uns wach, beeinflusst blau das zornige Gemüt, die erregten Nerven, so ist das Violett, welches rot dem blau zufügt, eine Farbe, welche wie der Purpur die entgegengesetzten Stimmungen hervorruft, welche wir bei rot und blau gefunden.

Verwickelter als die Darlegung der Farbenempfindung ist diejenige der Farbensymbolik: in Bezug hierauf lassen wir uns nun von Grätz sagen, da, wo er die Zipfel des Obergewandes behandelt: „An den Zipfeln ihres Gewandes sollen die Israeliten Quasten mit himmelblauen Purpurschnüren machen; offenbar soll die blaue Farbe an Heiligkeit mahnen."

So würde uns denn der Israelit nach diesem Teile seiner Gewandung als ein Mensch entgegen treten, welcher durch die blaue Farbe der Zipfel seines Obergewandes Zeugniss davon ablegt, dass sein ganzer Wandel an Heiligkeit zu gemahnen hat, dass er dem Himmel sich durch die Symbolik der Farbe verbunden weiss hier auf Erden, in seinem Wandel auf derselben.

Hat der Hohepriester, welcher den Amtsschild angelegt hat, die Gesamtheit der Stämme vor Gott zu vertreten und dieselben mit ihm zu vermitteln, nicht minder auch in zweifelhaften Lagen für das Volk und den dasselbe vertretenden König Auskunft zu erteilen, so werden wir Grätz in der Erklärung derselben in Bezug auf ihre symbolische Bedeutung nur zustimmen, wenn er sagt: „Die funkelnden Steine auf der Brust hatten ohne Zweifel eine sinnbildliche Bedeutung, welche den Verständigen verständlich war: sie veranschaulichten Glanz und Erleuchtung, Echtheit und Wahrheit (Urim w' Tummim u. s w.)"

In allen Einzelheiten führen wir uns jetzt die Farbensymbolik von Bähr vor, welche noch immer als die bestbegründete zu bezeichnen ist. Derselbe sagt in Bezug auf Blau: „Aus verschiedenen biblischen Stellen geht zugleich hervor, dass Dunkelblau als Himmelsfarbe zugleich die Farbe göttlicher Offenbarung ist, denn wenn der Himmel sich aufthut, ist es immer, um eine göttliche Offenbarung zu thun.

Purpur war von jeher und ist bis auf den heutigen Tag Bezeichnung der Erhabenheit und Hoheit, der Herrschaft und Macht, kurz der königlichen Würde; mit Purpur bekleiden ist soviel als zur königlichen Würde erheben."

Haben wir bei jeder Purpurfarbe einmal mit dem Blauschimmer, also mit dem Blau zu rechnen, so ist doch auch andererseits die symbolische Bedeutung der Grundfarbe zu erwägen: denn heute, bei unserer abgestumpften Art des Sehens sind wir z. B. gewohnt, allein noch von Karmesin als roter Farbe zu sprechen, wie wir den Scharlach geradezu mit scharlachrot bezeichnen. Da nun dem Scharlach oder dem Karmesin die Kokkusfarbe der Alten entspricht, so lassen wir uns in Bezug auf das Rot derselben von Bähr gesagt sein: „Kokkus ist die Farbe des Blutes, des Lebens. Der Begriff des Lebens ist wie der des Lichtes ein umfassender, der zugleich alles das in sich schliesst, was zum wirklichen, rechten und wahren Leben gehört und was dasselbe mit sich bringt, nämlich Wohlergehn, Freude und Lust, Glück und Heil. Als Farbe des Lebens dient daher das helle Rot des Kokkus zugleich zur Bezeichnung jedes heilvollen, freudigen und glücklichen Zustandes." Von Weiss wird uns dann noch gesagt: „die weisse Farbe ist das selbstverständliche, natürliche Symbol physischer und geistiger Reinheit."

So glaube ich denn das Recht zu haben als das Ergebniss der Untersuchung der 12 edlen Steine am Brustschild des Hohenpriesters den Satz aufstellen zu können, dass wir die Möglichkeit gewonnen haben, zu wissen, welche Steine in demselben nicht gewesen sein können, welche mit Bestimmtheit, welche mit hoher Wahrscheinlichkeit, und zwar nach der Bearbeitungsfähigkeit der Steine, nach der Sprache, nach den Culturbeziehungen der Völker unter einander, nach der Farbensymbolik, welcher ihre alte hohe Bedeutung wieder zu sichern diese Zeilen gewidmet waren.

7. Das Harz Bedolah.

Hatten uns Gesenius-Luther zur Bestimmung des Herkunftsortes des Harzes nach Arabien gewiesen, so ist unbedingt zuzugeben, dass Arabien, Afrika, Westindien die eigentlichen Heimstätten der Balsam ausscheidenden Pflanzen sind. Bestreiten Leunis-Frank das Vorhandensein von indischem Weihrauch, so führen sie denn doch allerdings aus Ceylon und Ostindien Harz von einigen Bäumen an, wie Amyris Algallocha, welcher in seiner Heimath besonders zum Anstreichen von Schiffskielen benutzt wird, als Elemi Bengalense aber Gegenstand des Handels ist, wie von Bowellia thurifera, Amyris zeylanica.

Abgesehen nun davon, dass Fr. Lenormant auch den Osten Persiens wie Ostindiens als Hauptheimstätten für Amyris Agallocha angiebt, so sagt auch Hamburger, also ein semitischer Gelehrter: „Unter den vielen darüber aufgestellten Vermutungen spricht am meisten für ein durchsichtiges, wachsähnliches Harz Bdellion, den aromatischen Gummitropfen eines indischen Baumes."

Endlich sei noch darauf hingewiesen, dass auch die Sprache ihre Hülfe zur Bestimmung der Heimat der balsamausscheidenden Pflanze anbieten möchte, denn nach Fr. Lenormant ist Bedolah das assyrische Budilhat; dieses Wort wäre unter Umstellung der beiden letzteren Laute und Abfall des t aus dem Sanskritwort udûkhala gebildet.

Demnach werden wir nicht umhin können, da als Erzeugnisse eines und desselben Landes Gold, Beryll und Bdellion angegeben sind, also ein Harz, ein edler Stein, als dessen Hauptfundstelle Plinius Indien bezeichnet, und Gold, welches der Indus in reicheren Mengen führt, als der Rhein, als solches Ostindien zu bestimmen.

Sind wir nun, das anzunehmen, nach den Darlegungen berechtigt, so kann der Pischon weder der Phasis sein, noch ein unbekannter Fluss Arabiens, sondern es ist allein der Indus als solcher anzusprechen, wie denn gesagt ist, dass er das Land Chavila umströmt.

Nach diesen Ausführungen ist nun endlich auch der Ganges, welchen Josephus für den Pischon hält, aus den in Betracht zu ziehenden Flüssen auszuscheiden, zu dem weder die Erzeugnisse von Chavila führen, noch auch die Landeskenntniss der ältesten semitischen Zeit, welche mit dem Ganges nicht zu rechnen hat.

8. Die Bäume des Paradieses.

Hat sich uns so das Paradies über eine ungeheure Landstrecke ausgedehnt, so haben wir nun den Versuch zu machen, aus den Einzelheiten des Paradiesesberichtes sichere Ergebnisse zu ziehen.

So lesen wir denn in dem Paradiesesberichte, welcher für Gott die Bezeichnung Jahve-Elohim hat: Und es liess Jahve-Elohim spriessen aus dem Erdboden allerlei Bäume, lieblich zu schauen und gut zu essen, und den Baum des Lebens inmitten des Gartens und den Baum der Erkenntniss von Gutem und Bösem.

Die Früchte vom Baume der Erkenntniss werden von der Schlange als solche bezeichnet, welche den Essenden die Augen öffnen und Gott gleich machen, darin, dass sie die Erkenntniss des Guten und Bösen gewähren. Den Baum bezeichnet Eva als eine Lust für die Augen und den Genuss der Frucht als begehrenswert, um klug dadurch zu werden.

Dem Genuss, also sicher der Frucht, von dem Baum des Lebens wird die Fähigkeit beigelegt, ewiges Leben zu verleihen.

Suchen wir nun Familie oder Art zu bestimmen, welchen die beide in Frage kommenden Bäume angehören, so sind zwar verschiedene Versuche gemacht worden, den vorgesetzten Zweck zu erreichen, aber ich denke nicht mit jenem Erfolge, welcher die Gewähr der Sicherheit für sich hat. Neben diesen Sonderaufstellungen, welche wir gar bald kennen zu lernen Gelegenheit haben werden, giebt es Anschauungen allgemeiner Art, nach welchen dieser oder jener Baum dem Paradies überwiesen wird. Da diese Aufstellungen den Anspruch einer gewissen Anerkennung für sich haben, so beschäftigen wir uns mit denselben zuerst.

So wird als Adamsapfel wie Paradiesfeige von Leunis-Frank Musa paradisiasa angegeben, bei den Systematikern der älteren Zeit Ficus indica genannt. Wird uns die Frucht dieses Gewächses als feigenartig schmekend, der äusseren Form nach als gurkenähnliche bezeichnet, so ergiebt sich daraus, dass ursprünglich von der Paradiesfeige nur mit Bezug auf dieses Gewächs gesprochen sein wird. Denn allerdings bedecken Adam und Eva ihre Scham mit dem Feigenblatt, aber nicht allein mit dem Blatt von Musa paradisiaca, sondern auch mit demjenigen von Ficus indica, dem bekannten Gewächs der Gestade des Mittelmeeres, und zwar auf den Gebilden der Maler, wenn sie diese Erzählung mit ihrem Pinsel behandeln.

War man nun mit seinen Vermutungen zu einem bestimmten Baum gelangt, so ist es wieder natürlich, dass man auch die Frucht demselben entnahm. So erklärt denn Thunberg den

Baum für den Baum der Erkentniss des Guten und Bösen und Angelo de Gubernatis, der bekannte italienische Gelehrte, will sogar die beiden in Frage kommenden Bäume des Paradieses, welche er als Musa paradisiaca und als Musa sapientum angiebt, dann als Bananen, Bananen-Pisang bestimmen, was nach Leunis-Frank eben Musa sapientum ist.

Nun können wir uns sehr wohl denken, dass dem Südländer, nachdem er durch das Feigenblatt auf Pisang oder Bananen-Pisang geführt war, die Frucht dieses Baumes so wichtig erschienen ist, dass er sie für wert gehalten, eine Frucht des Paradieses zu sein. Es sagt freilich Tostatus, es könne der Baum, welcher das schambedeckende Blatt nach dem Sündenfall geboten, nicht auch als der Baum angesprochen werden, an welchem die Frucht gewachsen, deren verbotener Genuss zum Sündenfall selbst geführt, während der Talmud (Midrasch) gerade deshalb für die Feigenfrucht eintritt, weil der Baum durch das die Scham bedeckende Blatt die Sünde gesühnt, welcher er Vorschub geleistet, durch Gewährung der Frucht. Aber freilich, unterliegt es auch keinem Zweifel, dass der Talmud unendlich feinsinniger und unendlich tiefer empfunden seine Ansicht begründet als Tostatus, eine Gewähr haben wir dadurch nicht, dass Eva die Frucht des berührten Baumes im Paradiese gebrochen. Mag deshalb auch Pisang oder Bananen-Pisang, Musa paradisiaca oder sapientum nach der Volksansicht dem Paradies zu überweisen sein, so dürfte die Bibel doch zu Ficus carica führen, aber wir wissen nicht, ob dieser die Frucht zuzusprechen ist, während wir den Ausdruck Paradiesapfel als Spielerei zu bezeichnen vermögen.

Als Adams- oder Paradiesapfel wird aus der Familie der Aurantiaceae sodann Citrus medica, gemeiner Citronenbaum, Limonen-Agrume angesprochen. Von derjenigen Citrus-Art nun, welcher Leunis-Frank den Namen Adams- oder Paradiesapfel beilegen, lesen wir bei ihnen, dass sie so genannt wird, weil die Juden die Frucht dieses Baumes für die Frucht vom Baume der Erkenntniss halten. Dann lesen wir: „Sie (die Früchte) heissen deshalb auch Judenäpfel und werden von den Juden zur Ausschmückung bei ihrem Lauberhüttenfeste benutzt."

Es ist nun überaus bemerkenswert, dass von den Früchten gesagt wird, sie seien wegen ihres Gehaltes an Citronensäure durstlöschend, kühlend und der Beruhigung der Wallung des Blutes wegen herabstimmend, was also das Gegenteil von dem sein würde, wie uns die Wirkung der Frucht von den Pomologen-Erklärern geschildert wird, immerhin aber sinnvollen Einklang gewährt zu der tiefen Niedergeschlagenheit, in welche Adam durch den Genuss der Frucht versetzt wird, — wenn wir in diesem Falle rein naturwissenschaftlich denken wollen. Selbstverständlich ist im Uebrigen kein Beweis dafür zu führen, dass Adam auch wirklich von dieser Frucht genossen hat.

Stellt die christliche Kunst Adam und Eva vielfach unter einem Apfelbaum dar, und sind wir gewohnt, den bekannten Knoten im Halse Adamsapfel zu nennen, so haben wir in der letzteren Bezeichnung nur einen Volkswitz zu erkennen, zum Spott auf Adam gemacht, dem vor Schreck der „Knust" des Apfels im Halse stecken geblieben sei; aber ernstlicher Zurückweisung bedarf die Verbindung von Apfelbaum und Paradies nicht, denn der Apfelbaum. giebt im Süden nur die wohlschmeckende Frucht, wo er die Höhe des Gebirges hinansteigt.

Von sonstigen Deutungen auf die Paradiesesbäume lassen wir uns noch gesagt sein, dass R. Meir den Baum der Erkenntnis als einen weizentragenden Baum, oder für baumhohen Weizen erklärt, während R. Jehuda ben Ilai sich für Wein entscheidet, wie uns denn auch Paulus Cassel sagt, dass namentlich in Weinländern, wie in der Champagne und Burgund der Baum der Erkenntnis mit Reben dargestellt ist. Abraham a Sancta Clara sagt uns: „Nach etlicher Lehrer Aussag ist die Frucht kein Apfel gewest, sondern eine indianische Feige (Cactus opuntia), ganz rund, überaus schöne Gestalt, als hätte sie die Farben vom Regenbogen entlehnt, und so man dieses Obst aufschneidet, findet man darin ganz natürlich das Kreuz Christi mit allen Passionsinstrumenten."

Nun habe ich hier nur darauf hinzuweisen, dass an Weizen zu denken der Ausdruck Baum verbietet, an Weinstock das liebliche Aussehen des Baumes.

Aber auch unsere Ziergärten haben ihren Paradiesapfel, die Tomate also. Da dieselbe aber aus Südamerika stammt und demnach erst recht spät bei uns Eingang gefunden haben kann, so haben wir dieselbe von dem Wettbewerb, als Paradiesesbaum angesprochen zu werden, ebenso zurückzuweisen, wie die indianische Feige des Abraham a Sancta Clara, denn es haben sogar die spanischen und sicilianischen Nopalereien, die Pflanzungen also vom Cactus opuntia oder coccinellifer eben in dem Nopal ihres Namens noch den Ausdruck der Azteken, Nopal also, beibehalten.

Demnach stehen wir vor der Thatsache, dass die verschiedenen Zeiten und verschiedenen Völker sich selbst Paradiesesbäume geschaffen, also diese Bezeichnungen den verschiedensten Gewächsen beigelegt haben, dass die Paradiesesbäume nicht zu bestimmen sind. Berührt sei deshalb nur noch die Pornologie, welche wir bei Angelo de Gubernatis lesen, nach welcher der Baum der Erkenntnis das membrum erectum des Mannes ist.

Ist somit jeder Versuch als gescheitert zu betrachten, die Bäume des Paradieses als Gewächse dieser oder jener Art oder Gattung zu bestimmen, so scheint es doch auch nicht richtig, dieselben mit den spiritualistischen Auslegern seit Origenes wie überhaupt das ganze Paradies, für allegorisch zu erklären. Aber auch die Anwendung der Symbolik befriedigt hier nicht. So wäre nach Windischmann der Baum der Erkenntnis das heilige Kreuz, an welchem die Schlange getötet wird, zu dessen Füssen eine neue Eva steht, während der neue Adam siegend, der alte Adam und die alte Schlange überwunden am Baume hängen. Vom Baume des Lebens sagt derselbe symbolisierende Gelehrte, dass der Baum allerdings Christus ist und die ewige Weisheit und Seligkeit: dass derselbe in der Mitte des Paradieses im übernatürlichen Sinne steht. — Allegorie und Symbolik mögen einem Urbilde sinnfälligen Ausdruck in gewandelter Form geben, die geschichtliche Thatsache, dass das Kreuz aufgerichtet ist, Christus am Kreuz gehangen, ist weder als Allegorie oder Symbolik des Paradieses, noch dieses als Urbild jener furchtbaren Thatsache zu fassen.

Sonst muss ich sagen, dass nach meiner Ansicht bereits der heilige Augustin unendlich richtiger als Windischmann, aber auch klarer als Origenes geurteilt hat, wenn er zunächst die Wirklichkeit der Bäume festhält, ohne dann im weiteren Verfolg seiner Darlegung die typische und allegorische Bedeutung auszuschliessen.

Nach meiner Ansicht sind die Bäume als solche der Wirklichkeit anzusprechen, ist im Sinne der Ueberlieferung nur anzunehmen, dass Gott die übernatürliche Wirkung, welche den beiden Bäumen an sich fremd ist als Gewächsen der Natur, wie wir naturwissenschaftlich uns ausdrücken würden, an dieselben geknüpft hat, dass die Uebertretung des Gebotes, welches Jahve-Elohim gegeben, als die Grundursache weittragendster Folgen anzusehen ist.

Das Paradies umfasst die Gelände vom Indus bis zum Tigris, vom Euphrat bis zum Nil, die Landschaft also, in welchem die früheste höhere Bildung geblüht hat: den Garten in Eden in einem Gefilde von dem Umfang weniger Meilen aufsuchen zu wollen, ist ebenso vergebliche Mühe, wie den Baum der Erkenntniss und den Baum des Lebens bestimmen zu wollen nach Art und Gattung.

Der Aberglaube und die religiöse Vorstellung der Heiden haften an dem Einfältigen und Besondern, die Religion verschleiert in mystisches Geheimniss das Wunder ihrer Bewegungskraft, welche die Welt des Geistes neu zu gestalten die Macht in sich getragen hat.

Die vergleichende Mythologie hat in der Aufstellung der Bäume des Paradieses als Wind- und Wetterbäume jener himmlischen Landschaft, in welcher die Landleute dieser unserer Tage heimisch sein sollen, wie die Indogermanen es gewesen wären und demnach auch die Ursemiten, jene trostlose Unkenntnis und Urtheilsunfähigkeit erwiesen, von der wir uns als einem bedenklichem Zeichen der Krankheit in der Wissenschaft unserer Zeit erschreckt abwenden.

9. Bâb-Jlu und Ninua.

Wie mit Nichten jeder sagenumspielte Stein und jeder ausgegrabene alte Topf, welcher in dem jetzt deutschen Gelände von jenseits des Rheins bis über Memel hinaus gefunden werden, als Zeugniss dafür verwandt werden können, dass ein ursprünglich deutscher Brauch daran haftet, dass germanische Hände ihn geformt, etwa um Wodan daraus ein Trankopfer zu bringen, denn die einzige Stelle, welche für diese Wodanstranktöpfe angeführt wird im Leben des heiligen Columban spricht von einem Fass mit Bier, und der Wode der früher slavischen Gelände ist die volksübliche Verkürzung des slavischen Woiwode zu Wode, Herr also, der deutsche Woden als Herr von Berg und Stadt aber ein Bodo oder Wodo. welch letzterer Name bereits 940 der Bischof von Strassburg führte, der angebliche Schimmel des wilden Jägers, wie des angeblichen Wodan, entsteht aus der elektrischen Entladung des Wirbelwindes, dem Schnee des herannahenden Winters, während in Wirklichkeit wie der Sachsenspiegel vermeldet, ein blankes also weisses Ross solches des Papstes ist, — in derselben Weise hat sich die vorsichtige Forschung zu hüten, jede Thontafel mit Keilinschrift, jedes plastische Bildwerk, welche in Bâl-Jlu oder Ninua gefunden werden, als Beweis dafür anzuführen, dass sie semitischer Cultur entstammen, dass sie echt semitischer Anschauung Ausdruck geben.

So überweist Berosos die Anfänge von Bâl-Jlu dem vierten Jahrtausend vor Christo, aber wenn die Riesenstadt auch bereits im 16. Jahrhundert Residenz wird, seit 1270 mit Assyrien vereinigt ist unter derselben Herrschaft, so nennt sich doch der König noch bis in das 7. und 8. Jahrhundert hinein König von Sumir und Akkad, ein Beweis, dass noch in dieser Zeit das klare Bewustsein davon vorhanden ist, dass neben der semitischen Bevölkerung die akkadische als gleichbedeutsam zu betrachten. Die Akkader ist man, wie bekannt, geneigt, dem turanischen Stamme zu überweisen. Aber vor der turanischen und semitischen Bevölkerung des Euphrat- und Tigrislandes muss dort eine andere ansässig gewesen sein, denn Nimrod ist Kuschite, und wir wissen, dass uns ägyptisches wie semitisches Kesch oder Kusch zu den Aethiopen geführt, in jener weiten Bedeutung, welche früher erschlossen ist. Demnach wäre die Möglichkeit gegeben, dass uns ein Thontäfelchen, ein plastisches Bildwerk, welches in Bâb-Jlu gefunden wurde, wenn in allen Fällen die religiösen Vorstellungen der Völker als die ältesten zu gelten hätten, solche bewahrt aus dem Gedankenkreise der Hamiten, der Finno-Turanier, der Semiten.

10. Der chaldäische Sündenfall.

Glaubt der Engländer Smith die plastische Darstellung des Sündenfalls und den Baum dieses Vorganges des angeblich chaldäischen Vorstellungskreises erwiesen zu haben, so wissen wir, dass verschiedene Gelehrte verschiedener Länder den unkritischen Ausführungen Jungenglands beigetreten sind.

Gehen wir nun auf die Sache näher ein. Was die fragliche Bildung des angeblichen Sündenfalls betrifft, so sehen wir auf dem babylonischen Kunstwerk einen Baum, dessen wagerecht abstehende Zweige nach oben blattlos gebildet sind, während sie sich nach unten in Blattnadeln zuzuspitzen scheinen.

Die beiden Früchte des Baumes befinden sich unter den Zweigen; sie sind nach meiner Ansicht stilisierte, aber immerhin doch noch erkennbare, also als solche zu bestimmende Pinienzapfen.

Vor dem Baume sitzen ein Mann und eine angebliche Frau, hinter der angeblichen Frau bäumt sich, wie es scheint, eine Schlange auf. Mann und angebliche Frau sind mit langen Gewändern bekleidet, der Mann trägt eine Kopfbedeckung mit hochstehenden Hörnern. Dieselbe soll eine Art Turban sein, Fr. Lenormant nennt sie eine babylonische, also chaldäische, um dann sofort in der Anmerkung zu sagen, dass der Prophet Hesekiel eine Kopfbedeckung dieser Art als eine assyrische bezeichne.

Mann und angebliche Frau strecken die Hände, die Fläche nach oben, nach dem Baum zu aus, doch nicht unter, sondern erheblich über den Früchten. aber noch unter fruchtlosen Zweigen.

Herr Hilfsprediger Herrmann in Halle, welcher auf meinen Wunsch unabhängig von mir Studien über die Bäume im Garten in Eden und die heiligen Bäume der sogenannten chaldäischen Genesis angestellt hat, schreibt mir darüber: „Es kann das Ausstrecken der Hände eine Geberde des Redens sein, auch die Absicht darin sich aussprechen, sich die Hände zu reichen, die, eine Frucht zu ergreifen, ist wohl möglich, liegt aber an sich nicht darin." Dann macht er mich nach Budde darauf aufmerksam, dass der dicke Strich hinter der angeblichen Frau immerhin nur mit einer gewissen Bereitwilligkeit als Schlange zu bestimmen sei, solche darin zu sehen.

Hatte ich die Frucht als solche der Pinie angesprochen, so muss ich doch darauf hinweisen, dass dieselbe auch als solche der Cypresse und Ceder gedeutet ist, — als Eichel und Knospe.

In allen diesen Deutungen finden wir eine essbare Frucht nicht, — und ich muss daran festhalten, dass weder Mann noch angebliche Frau überhaupt auch nur die Hand nach einer Frucht ausstrecken.

Wird man die Frucht als solche einer Conifere anzusprechen Neigung und ich denke auch ein gewisses Recht haben, so ist doch zu bemerken, dass der Baum das Coniferengepräge nicht trägt. Es erklärt sich diese Thatsache aber nach meiner Ansicht daraus, dass die chaldäische Legendenbildnerei einen Baum darzustellen sich gemüssigt fand, welcher zwar nach seiner Frucht an die Wirklichkeit erinnert, nach seiner Stamm- und Zweigbildung sich durch das Typische seiner Bildung von der Natur abhebt. So bieten auch unsere byzantinischen Heiligenbilder Gestaltungen von idealisierten Menschen, denen in Wirklichkeit zu leben und zu atmen schwer werden würde, — und unsere Märchenbücher sind gefüllt mit Abbildungen nichtwirklicher Gestalten.

Sodann ist ferner noch darauf hinzuweisen, das die chaldäischen Steincylinder auch die Eigenart der Bewohner von Bâb-Jlu in gewisser Weise zur Schau tragen, denn auf den assyrischen Bildwerken ist der Krieger eine kurze, stämmige Gestalt, auf den chaldäischen dagegen lang und schmal gebildet; die Bäume der chaldäischen Bildwerke sind typische Bildungen ohne Naturtreue, die assyrischen realistischer gehalten.

II. Die Betula alba.

Wie es bis jetzt durchaus unklar ist, ob in der behandelten Darstellung eine Mythe aus dem chaldäischen oder akkadischen vielleicht kuschitischen Sagenkreise vorliegt, oder eine uns unklare Culthandlung, so meine ich, haben wir am allerwenigsten das Recht, weil wir den dargestellten Vorgang nicht klar zu deuten wissen, deshalb mit Fr. Delitzsch denselben als Sündenfall zu deuten, den Baum mit der Coniferenfrucht den Paradiesbäumen gleichzusetzen. Diesem Mangel in unserem Wissen und einer klaren Wahrscheinlichkeit in der Deutung abzuhelfen hat die Mythologie verstanden, indem sie entweder den Baum mit der Coniferenfrucht in ein Wolkengebilde aufzulösen weiss, welches zwar niemals, auch als Wind- und Wetterbaum nicht, eine entsprechende Zweigbildung erkennen lässt, niemals auch nur eine vorgebliche Schlange und beturbante und unbeturbante Menschen oder Götter in seiner Umgebung hat, oder wie der unkundige und übelberatene Mannhardt den Paradiesbaum gleichzusetzen mit dem Maibaum, der Betula alba, der Birke also, denn ein vergleichender Mythologe

Kuhn-Steinthal'scher, oder Schwartz-Mannhardt'scher Denkweise findet eben keine Schwierigkeit in dem Beweis einer vollen Gleichheit von Wesen und Vorgang, wenn der Bursche seinem geliebten Mädchen zu Pfingsten die grüne Birke setzt, demjenigem, welches er verschmäht, eine solche mit Kätzchen, wenn das junge Volk sich in lustigem Tanze um die Birke schwingt wie in anderen Geländen um die festwurzelnde Linde, — und wir auf einem Steincylinder semito-turano-kuschitischer Herkunft den heiligen Baum sehen, welchen der König verehrt, dem Genien Gaben darbringen, zu dessen Seiten ein beturbanter Mann und eine angebliche Frau sitzen, über dem auch wohl die Halbfigur des Gottes Asur schwebt, die von Fittichen getragen wird.

12. Aus Persiens Gefilden.

Hätte die vergleichende Mythologie in ihrer Zurückführung nach darwinistischen Lehrsätzen auf Urschöpfungen und Umbildungen mit entsprechenden Wandlungen das Recht der Wahrheit auf ihrer Seite, so müsste die germano-litu-slavische Mythenwelt untereinander in nächster Verbindung stehen, desgleichen die graeco-italo-keltische, nicht minder die indo-persische oder nach denjenigen Verbindungen, welche die Jungindogermanisten nach ihren „epochemachenden Entdeckungen," die nach wenigen Jahren wieder zu verdampfen pflegen, aufgestellt haben. Aus jeder dieser nächstverwandten Völkergruppen müsste der Mythenbaum klar zu bestimmen sein, um dann daraus Wuchs und Art des indogermanischen Urmythenbaumes festzustellen.

Die Versuche, welche in dieser Beziehung gemacht sind, können als kindliche Spielereien bezeichnet werden, zu ernster, wissenschaftlicher Bedeutung sind dieselben nicht gelangt.

In ganz entsprechender — also verneinender Weise haben die Gelehrten, welche den Anschauungen der vergleichenden Mythologie huldigen, denn auch sich wider ihren Willen gezwungen gesehen, darauf hinzuweisen, dass die Schöpfungs- und Sündenfall-Berichte der Ebräer den persischen näher stehen, als denjenigen von Babylon. Wäre diese Behauptung richtig, so würden wir entweder vor der wunderlichen Thatsache stehen — im Sinne der vergleichenden Mythologie — dass Arier und Semit einander ursprünglich näher gestanden als Ebräer und Assyrer, trotzdem Abraham ausgewandert ist aus Ur in Chaldäa, oder dass der chaldäische angebliche Sündenfall und Schöpfungsbericht kuschitich-finno-turanische Mythen bietet, oder endlich, dass die Semiten in später Zeit die Perser belehrt haben, und zwar die Israeliten, da sie im Lande und am Hofe des grossen Kurusch weilten, nicht ohne Einfluss und Bedeutung.

13. Die persische Schöpfungssage.

Nach unseren Eran-Gelehrten schafft Ahura-mazda in sechs Epochen Alles aus dem Nichts.

Hier ist nun zu sagen, dass das Awesta in Fargard I von Ahura-mazda zuerst die Erde geschaffen sein lässt, sodann berichtet, wie derselbe verschiedene besonders bevorzugte Orte allmählig umbildet zur Verbreitung seiner Cultur, zur Befriedigung der zeitlichen Bedürfnisse seines Volkes, dass die Schöpfung in den sechs Epochen oder Schöpfungs-Stufen erst im Bündehesch berichtet wird, wo wir lesen: „Ahura-mazda (schuf) von den weltlichen Geschöpfen zuerst den Himmel, zweitens das Wasser, drittens die Erde, viertens die Pflanzen, fünftens die Tiere, sechstens den Menschen."

Der Bündehesch gilt aber für eine Zusammenstellung erst des 7. Jahrhunderts unserer Zeitrechnung, kann also für uralte persische Anschauung nur mit äusserster Bedachtsamkeit als Beweis angeführt werden, wohl aber hat es alle Wahrscheinlichkeit für sich, dass viele ursprünglich nicht nationale, ja nicht einmal arischen Anschauungen in denselben eingedrungen sind.

Aber selbst wenn wir den Bericht des Bündehesch für alte arische Anschauung wollten gelten lassen, so ist zu bemerken, dass derselbe Einstimmung zu der Mitteilung der Ebräer nicht gewährt. Denn allerdings wird man nicht umhin können zuzugeben, dass in dem letzteren eine ältere semitische Schöpfungssage in das Gewand der Religion gekleidet ist. Die ältere semitische Schöpfungsmythe hat aber ihre Spuren hinterlassen in dem Wort Elohim, welches die Pluralform bewahrt hat, die ursprünglich von den Starken, den Dämonen der Kraft und Stärke berichtet haben wird, welche die Erde und die Himmel scheiden und formen, denn Bara ist nach Josua 17, 15 und 18 wie nach Psalm 104, 30 wie nicht minder nach dem Arabischen schneiden, umformen, glätten: mithin hat erst die Religion den Begriff Gottes des alleinigen in das Wort Elohim hineingetragen, um demselben die Fülle der Macht, der Schöpfung aus dem Nichts zusprechen zu können.

14. Der erste Mensch.

In Kapitel 15 des Bûndehesch lesen wir: Gaja maretan liess beim Sterben Samen. Dieser Samen wurde durch die Umdrehung des Lichtes der Sonne geläutert und ein Teil (davon) dem Schutz des Nairjoçangha übergeben, und den anderen Theil nahm Çpenta Armaiti an sich. Vierzig Jahre (nachher) sind die ersten Menschen als Reivaçstaude mit einem Stengel, fünfzehnjährig, fünfzehnblättrig (wie die Staude 15 Blätter lang, so hatten die ersten Menschen das Aussehen von fünfzehnjährigen) im Monat Mithra am (Festtage) Mithragan aus der Erde gewachsen, in der Weise, dass ihre Hände an den Ohren zurücklagen, und einer mit dem andern verbunden, mit Einer Gestalt, Einem Gesicht waren sie (beide) geschaffen, und die Mitte des Leibes von beiden war verbunden; so waren sie in einer Gestalt, dass nicht sichtbar war, welches der Mann und welches das Weib war, ob der Glanz der Ahura-mazda (die Seele bereits in ihnen) oder noch nicht (in ihnen) war, wie gesagt ist: Was ist zuerst geschaffen, die Seele oder der Leib? Da sprach Ahura-mazda: die Seele ist früher geschaffen, der Leib ist dann für dieselbe geschaffen, damit sie die Thätigkeit bewirke, und der Leib ist zur Thätigkeit geschaffen. Hieraus folgt der Schluss: die Seele ist früher geschaffen und der Leib später.

Darauf gelangen beide von der Pflanzenwelt zur Gestalt von Menschen. Die Seele geht in unsichtbarer Weise zu den Jasatas, das ist, die Seele pflegt auch jetzt in der Weise eines Baumes nach oben zu streben: dieses (Baumes) Früchte (waren) 10 Arten von Menschen.

In diesem Bericht von der Menschenschöpfung begegnen uns an mythologischen Gestalten Ahura-mazda, welcher uns bereits bekannt ist, Gaja-maretan — auch Gaiomard und Kaiomours, der Urmensch, Nairjoçangha oder Nerjosengh, der Genius des Feuers, Çpenta Armaiti der weibliche Genius des Ackerbaues und der Fruchtbarkeit, die Jasatas, oder Jseds, die guten Genien. Der Monat Mithra bezeichnet die Zeit vom September bis zum Oktober, die Rivaçstaude ist Rhabarber, Rheum ribes.

Eingehende Erwägung ergiebt, dass die persische Sage von der Menschenschöpfung aus verschiedenen Bestandteilen zusammengefügt ist, denn wir haben in derselben erst Urmenschen, dann aus dem Samen desselben offenbar unter dem

Einfluss des Genius der Fruchtbarkeit und des Ackerbaues, die Rhabarberstaude, aus welcher sich der erste Mensch entwickelt als Mannweib. Darauf erfolgt die Scheidung des Mannweibes, und Maschia und Maschiana sind nun die ersten Menschen — also jetzt im eigentlichen Sinne.

Höchst bemerkenswerth ist die Anlehnung der Sage von der Menschenschöpfung an das Heilkraut, den Rhabarber, welcher seinen medicinalen Wirkungen nach gekannt und geschätzt ist, dessen Aeusseres als Staude aber allerdings nach seinen Wurzeln an das männliche Glied erinnern mag, dessen Blätter an die Hand des Menschen. Von der Blüte endlich ist zu sagen, dass dieselbe Zwitterblüte ist, ebenso aber auch eingeschlechtlich gefunden wird. Die persische Schöpfungssage führt das Aufrechtgehen des Menschen selbst zu einem Vergleich mit der aufrechten Haltung der Staude, des Baumes, und wir ersehen daraus die Möglichkeit einer Verbindung von Mensch und Gewächs, welche in der persischen Sage des Bûndehesch Form und Gestalt angenommen hat.

Stellen wir nun hierzu den ebräischen Bericht, welchen wir in denjenigen Teilen des alten Testamentes finden, welcher für Gott die Doppelbezeichnung Jahve-Elohim hat, so lautet derselbe: „Am Tage, wo Jahve-Elohim Erde und Himmel machte, da bildete Jahve-Elohim den Menschen aus Staub vom Erdboden und hauchte in seine Nase den Odem des Lebens; also ward der Mensch zu einem lebendigen Wesen. — Und es sprach Jahve-Elohim: Nicht ist gut, dass der Mensch allein sei, ich will ihm eine Hilfe machen, ihm entsprechend. Da liess Jahve-Elohim einen tiefen Schlaf auf den Menschen fallen, sodass er einschlief. Dann nahm er eine von seinen Rippen und verschloss mit Fleisch ihre Stelle. Und es bauete Jahve-Elohim die Rippe, welche er von dem Menschen genommen hatte, zu einem Weibe und führte sie zu dem Menschen. Da sprach der Mensch: dies ist mal Bein von meinem Gebein und Fleisch von meinem Fleische; diese soll man heissen Männin, denn vom Mann ist genommen diese."

Es ergiebt sich, dass die persiche Sage von der Menschenschöpfung selbst in dem späten Bericht aus dem siebenten Jahrhundert unserer Zeitrechnung nichts zu thun hat mit den Angaben desjenigen Teiles des alten Testamentes, in welchem wir den Doppelnamen für Gott finden, Jahve-Elohim also.

15. Der persische Sündenfall.

Wiederum im Bûndehesch, jener Zusammenstellung also aus dem siebenten Jahrhundert unserer Zeitrechnung, finden wir eine Erzählung, welche man den persischen Sündenfall nennen kann. So lesen wir denn im Kapitel 15 des Bûndehesch: „Es sprach Ahura-mazda zu Maschia und Maschiana: Seid Menschen, seid die Eltern der Welt --- gesetzliche Werke verrichtet vollkommnen Sinnes, denket gute Gedanken, sprecht gute Reden, thut gute Handlungen, verehrt nicht die Daëwas. Beide dachten zuerst dies: die Jasatas freuen sich eines am andern, als ob sie Menschen wären. Dann verrichteten sie ihre ersten Handlung, indem sie gingen. Dann assen sie und sprachen zuerst diese Worte: Ahura-mazda hat Wasser und Erde und Pflanzen und Thiere und Sterne und Mond und Sonne und alle Annehmlichkeiten, welche aus Reinheit hervorgehen, Wurzel und Frucht geschaffen. Dann kam ihnen die Auflehnung in die Herzen und verhinderte ihre Gedanken, worauf sie sprachen: Angra-mainyus hat Wasser und Erde und Pflanzen und Tiere und die übrigen Dinge geschaffen.

Als diese lügenhaften Worte gesprochen, war es nach dem Willen der Daëwas gesprochen. Angra-mainyus genoss dadurch die erste Freude über sie. Durch dieses lügenhafte Wort wurden sie beide Sünder, ihre Seelen sind bis zum zukünftigen Leben in der Hölle.

Nun, nachdem die ersten Menschen gehen, sehen, sprechen gelernt — und mit dem Sprechen sich von Ahura-mazda zu Angra-mainyus gewandt, von dem guten Gott zu dem bösen, — dann dreissig Tage nach Speise ausgegangen sind und sich mit Kleidern von Blättern bekleidet haben, gehen sie dreissig Tage auf die Jagd, dann lernen sie von einer Ziege die Milch gewinnen, dann bringen ihnen die Daëwas, (die bösen Geister) Früchte, von denen sie so übermässig assen, dass von hundert Teilen nur ein Teil übrig blieb.

Nach weitern dreissig Tagen treffen sie einen Widder, den sie töten. Die Jasatas (die guten Geister) lehren sie Feuer anzünden durch Reibung von Kirsch- und Buchsbaumholz, also von zwei harten Hölzern, offenbar durch Quirlreibung, wie ich das in meinem ausführlichen Aufsatz über das wilde, heilige und Gebrauchsfeuer erwiesen habe. Darauf braten Maschia und Maschiana ihren Widder, dann kleiden sie sich in Felle und graben Eisen, bearbeiten dasselbe mit Stein zu einem Beil, womit sie Holz hauen: dann bauen sie eine hölzerne Hütte. Hierauf raufen sie sich, dann opfern sie den Daëwas, nach fünfzig Wintern lernen sie die Zeugung.

Ueberdenken wir das Gelesene, so ergiebt sich uns, dass das angeführte Kapitel des Bûndehesch die sich entwickelnde Bildung des Menschengeschlechtes mit einem ersten Menschenpaare verknüpft hat, und zwar diejenige der materiellen Cultur und moralischen Vertiefung. Sünde ist die Nennung des Angra-mainyus als Schöpfer, der überreiche Genuss von Milch und Früchten, das Raufen führt zum Opfer, fünfzig Jahre darauf erfolgt die Zeugung. Da Anrga-mainyus ursprünglich ein Gott ist kaum geringerer Machtfülle als Ahura-mazda, so scheint die erste Sünde ein Confessionswechsel zu sein, wenn nicht ein solcher der Religion: die andern Sünden mögen als solche zum Bewustsein gekommen sein aus dem Unbehagen in Folge des Uebermasses im Genuss. Höchst merkwürdig ist die seelische Wandlung, der Uebergang vom Raufen, der Aeusserung des Hasses, über das Opfer, — der Aeusserung religiöser Empfindung, zur Liebe, deren tiefster Ausdruck die Zeugung ist.

Hat der weitere Erfolg der persischen Cultursage an dieser Stelle keinen Zweck, so ist nun darauf hinzuwiesen, dass von einer Gleichsetzung des Sündenfalls der Ebräer und der Moralvertiefung der Perser in keinem Falle die Rede sein kann, soviel man auch davon träumen mag, soviel unsere Religionsmythologen auch darüber geschrieben haben.

16. Die heiligen Bäume.

Haben wir die heiligen Bäume der Perser weder bei der Schöpfung des Urmenschen, noch der Entstehung von Maschia und Maschiana zu Gesicht bekommen, ebenso auch nicht bei dem Vorgang, welchen man den persichen Sündenfall nennen mag, so sehen wir uns nun denselben ein wenig näher an.

Es wird aber der eine dieser Bäume, Viçpataokhma, Allsamen, in den alten Schriften der Perser nur einmal erwähnt und zwar lesen wir darin: Yesht des Rashnu 17) „Oder wenn du bist, o reiner Rashnu bei jenem Baum des Falken, der steht in Mitten des Meeres Vourukasha, der Gutheil, Hochheil mit Namen genannt wird, auf welchem aller Bäume (Gewächse) Samen niedergelegt sind."

Zu bemerken habe ich übrigens, dass C. de Harlez die Uebersetzung hat: weil du wachst, o gerechter Rashnu, über den Baum Çaèna u. s. w.

Dass der Baum auch den Namen gaṭbés, ohne Leiden, leidlos führt, erfahren wir aus dem Minokhired, also aus einer Quelle, welche in noch späterer Zeit das Licht erblickt hat, als der Bûndehesch. Die Bezeichnung Allsamen, der mit allen Samen versehene, durch eine Falkensage weiter begründet, finden wir hier also ausgesprochen: Cinamrû hat seinen Sitz auf dem Baume. So wie er aufsteht, wachsen tausend Aeste an diesem Baume. Und wenn er sich niedersetzt, bricht er tausend Aeste, und diese streuen ihren Samen hinab.

Und Camrôs-murû sitzt immer in seiner Nähe. Sein Werk ist dieses, dass er, was von dem Baum Allsamen, der auch gaṭbés heisst, niederfällt, sammelt und dorthin, wo Tistar Wasser sammelt, hinbringt, bis dann Tistar das Wasser mit all diesen Samen aufnimmt und mit dem Regen in die Welt regnet.

Suchen wir zunächst den Ort des Vorganges festzustellen, so habe ich darauf hinzuweisen, dass die erste Schöpfung des Ahura-mazda nach den Untersuchungen von Burnouf, welche noch immer in dieser Beziehung die besten sein dürften, zu den Abhängen des Belur-tagh führen, zwischen Oxus und Yaxartes, während nach W. Geiger der Vorukasha zunächst der Kaspisee gewesen ist, dann auch der Aralsee, darauf das arabische Meer, endlich der Ocean: die Grundbedeutung wäre die gewaltige Wasserfläche am Uferland mit weiten Gestaden.

Wie auch wir von einem Luftmeer sprechen und von dem Himmel unter dem Bilde eines blauen Sees, so wäre auch der Vorukasha in diese übertragene Bedeutung eingegangen.

Lesen wird Fargard 5 (V. 58) die Worte: Gereinigt fliessen die Gewässer aus dem See Pûitika zu dem See Vôurukasha, — so wird der Vorgang in eine Gegend verlegt, welche nicht der Wirklichkeit angehört; auch C. de Harlez vermag dieselbe nicht zu bestimmen.

Sind der Vogel oder die beiden Vögel auf oder an dem Baume nur Ausführer des Grundgedankens, dass von demselben alle Samen der Gewächse kommen, so ist ihre Bestimmung als Art und Familie zunächst von keiner Bedeutung: von besonderer Wichtigkeit zur Erklärung einer mythologischen Grundanschauung würden sie nur dann sein, wenn wir sie zu Gestaltung eines

Naturvorganges erheben könnten, etwa als Gestaltungen des Windes zu erklären vermöchten, aber ich meine, dass ihre Bestimmung als Adler, Falke wie als Eule sie recht wenig geschickt dazu erscheinen lässt. Immerhin sei aber darauf hingewiesen, dass Vögel als Ueberträger des Samens von Pflanzen verschiedener Art auf die Bäume bekannt sind, — welchen Vorgang dann die Baumsage in ihrer Weise umgewandelt haben mag, also dass nun durch den Vogel der Baum zu einem verschiedene Samen tragenden werden kann. So wird der Vorgang reicher Samenspende des Baumes durch Beihülfe des anderen Samen herbeibringenden Vogels in idealisierender Weise den Baum zu einem allgemeinen Samenspender erhoben haben: die Verbindung des Baumes mit der gewaltigen Wasserfläche, welche sich ursprünglich auf das irdische Wasser bezieht, wie auf das Wasser des Himmels Bezug gefunden haben wird, giebt dann die Gewähr des guten Gedeihens des Samens der Gewächse.

Kommt endlich der Ausdruck „ohne Leiden" erst in recht später Zeit vor, so würden wir nur dann daraus weitgehende Folgerungen zu ziehen Neigung haben, wenn derselbe durch Sagen oder sagenhafte Zusätze weitere Erklärung ermöglichte, welche die Verbindung mit älteren Mythen ohne Zwang erlaubten.

So vermag ich in dem Baum Allsamen nichts anderes zu sehen als einen Baummythus, eine Dendrogonie, den mythischen Vorgang der Entstehung der verschiedenen Bäume und Gewächse der Erde aus einem Baume — immerhin aber durch dessen Samen, mit Beihülfe der Vögel, welche den Samen herabstreuen helfen, — nachdem sie solchen herbeigetragen, — denn der Baummythus ist keine logische Formel, sondern eine sinnige Verknüpfung dichterisch verherrlichter Vorgänge in der Natur.

Mit den gebotenen Erörterungen und Mitteilungen aus Alt-Persiens Gefilden sowie des früheren Mittelalters ist uns aber jede Möglichkeit geschwunden, mit diesem Baum Allsamen eine Verbindung herzustellen und den Bäumen des Gartens in Eden, den Cultbäumen der Chaldäer wie Assyrer.

Aber wir finden in Persien einen zweiten heiligen Baum. So lesen wir in Fargard 20.

Dann brachte ich, der ich Ahura-mazda bin, die heiligen Bäume hervor, viele hunderte, viele tausende, viele zehntausende, herum um den einen Gaōkerĕna.

Nähere Bestimmung des Baumes erlaubt der Bùndehesch also das frühe Mittelalter. Wir lesen dort: „Nahe bei diesem Baume (gatbés) wächst der weisse Hom, in der Quelle Arduisur; jeder der ihn isst, wird unsterblich, man nennt ihn den Baum Gokarn.

Sodann lesen wir im Bùndehesch: „Am ersten Tage, als Gokart, Drât (Baum) genannt im Meer Frhânkrt in diesem Schlund des Berges wuchs: bei der Neumachung ist er nötig, denn sie bereiten die Unsterblichkeit (Seeligkeit) aus ihm; da machte Ganâmino in diesem Wasserschlund eine Kröte (Eidechse) zum Verderben, damit sie den Hom vernichte. Um des Zurückhaltens dieser Eidechse willen schuf Ahura zehn Kar-Fische dort, welche um den Hom immer kreisen; immer hat einer dieser Fische den Kopf gegen die Eidechse.

Nach einer anderen Gestaltung der Sage im Minokhired wächst der weisse Haoma im See Varkasch, am verborgensten Orte, um ihn kreist beständig der Fisch Kar-mahî und wehrt die Frösche und andere schlechte Geschöpfe von ihm ab, die ihn zu vernichten drohen.

Von dem Berg, in dessen Oeffnung der Gokart sprosst, will uns Windischmann glauben machen, dass die Oeffnung eigentlich eine Bergspitze sei und zwar diejenige des Huhkairya, zum Hara berezaiti gehörig, wo Yima opfert.

War es uns nicht möglich, für den Baum Allsamen Beziehungen zu einem bestimmten Baum festzustellen, so ist nun dies bei dem Gaokerena in gewissen Beziehungen allerdings möglich, denn es wird derselbe dem Haoma und zwar dem weissen gleich gesetzt. Aber auch bei diesen angeblichen Beziehungen von Baum der Sage und Baum der Wirklichkeit ist doch nur eine sehr lockere Verbindung herzustellen, denn die Haoma-, oder wie Geiger schreibt Hauma-Pflanze, welche den Saft zu dem Trank voll anregender, begeisternder, aber auch narkotischer Wirkung bietet, wird zwar hauptsächlich als Gewächs der Gebirge bezeichnet, aber sie soll doch auch in Thälern gesammelt werden. Als ihren Hauptfundort giebt man das Gebirge Hara berzati an, also die Gebirgswelt des Ostens, welche doch aber auch wieder nach späterer Auffassung der Alburz im Süden des Kaspisec's wäre, und dann versichert uns W. Geiger in seinem Buche „Ostiranische Cultur" wieder, dass es mehrere Arten von Hauma giebt, dass dieselbe goldfarbig genannt wird, dass man ihr einen lieblichen Geruch und saftreichen Stengel nachrühmte, dass der Saft zu dem Trank benutzt wurde, um dann zu sagen, dass derselbe von einer nicht mehr bestimmbaren Pflanze genommen sei.

Giebt uns somit weder der botanische noch geographische Ausflug erwünschte Sicherheit für die Bestimmung des Baumes, so erlaubt uns der Awesta selbst doch immerhin das Wesen desselben klarzulegen.

Zu dem Zwecke haben wir zunächst den sagenberühmten Baum alle der märchenhaften Zuthaten einer späteren Zeit zu entkleiden, welche sich um den Stamm desselben gelegt haben, wie die Ornamente der Zopfzeit um die reinen Formen des Bauwerkes selbst.

Haben wir das gethan, so bleibt uns nach dem Awesta Fargard 20 der Gaokerena-Baum als das Gewächs im Mittelpunkt des Standortes der heilenden Bäume, der vielen zehntausende. Da nun Fargard 20 den Nachrichten über Thrita gewidmet ist, den ersten Heilkünstler und den Anrufungen, welche Krankheit und Tod vertreiben sollen, so ist es doch hinlänglich klar, dass der Gaokerena als Idealbaum zu bestimmen ist, und zwar aller Bäume mit medizinellen Kräften. In Fargard 20 finden wir also die Lösung des Rätsels, weshalb unsere vergleichenden Theologen und Mythologen ohne eindringende Kenntnisnahme der jeweiligen in Betracht zu ziehenden Vorlagen auch im Garten in Eden einen Baum mit medizinellen Kräften ausgerüstet zu finden, woher sie die Gleichheit des Lebensbaumes der Ebräer mit diesem Baum der persischen Ueberlieferung zu bestimmen gewusst haben.

Aber auch hier ist mir die Berechtigung zu einer solchen Gleichsetzung in nichts gegeben: ist der Garkorena der medizinelle Idealbaum, in dessen Umgebung sich viele zehntausende von Heilbäumen befinden, so verleiht der Baum im Garten in Eden das ewige Leben: findet der medizinelle Idealbaum bei den Eraniern seine Verknüpfung mit Thrita, dem ersten Heilkünstler, so erhält der Baum im Garten in Eden seine Bedeutung dadurch, das Jahve-Elohim gebietet, dass Adam und Eva nicht davon (also von seiner Frucht) essen, während doch eben aus dem Genuss des Haoma-Saftes und den Wirkungen des entsprechenden Trankes sich die Vorstellung gebildet haben kann, dass dem medizinellen Idealbaum das Wohlbehagen fördernde, Krankheiten — und als gesteigerten Ausdruck derselben den Tod vertreibende Kräfte inne wohnen und demnach beizulegen sind.

Wie die heiligen Bäume nichts zu thun haben mit den heiligen Bäumen im Garten in Eden, so vermag sie keine Kunst der Auslegung als dieselben Bäume zu bestimmen, welche dem semito-turano-kuschitischen Sagenkreise angehören, wie wir in dem Vorhergehenden erörtert.

17. Indiens kosmogonischer Baum.

Hat uns der mythologische Baum Persiens „Allsamen" zu der Erklärung geführt, dass wir mit derselben nur eine Dendrogonie und Dendrologie verknüpft zu finden vermögen, den Bericht des mythischen Vorgangs der Entstehung der verschiedenen Bäume und Gewächse der Erde, so hat die vergleichende Mythologie doch auch diesen Baum Allsamen als einen solchen des arischen Gemeinbesitzes angesprochen und den entsprechenden indischen Baum im Rigveda gefunden, da dort von einem Baum gesprochen wird, aus welchem, wie diese Herren behaupten, Himmel und Erde geschaffen sind.

Die Verse lauten aber: R. X. 31. 7:

Was war doch das für ein Holz, was für ein Baum, aus dem sie die Erde und den Himmel gezimmert haben, sie die zusammenstehenden Zwei, die nicht alternden, unmittelbar helfenden; diese haben (viele) Tage und viele Morgenröten verherrlicht.

Und R. X., 81, 4:

Was war doch das Holz, welches der Baum, aus dem sie Erde und Himmel gezimmert haben? Ihr Weise forscht darnach in euerem Geiste, worauf er stand, die Welten haltend.

Diese Uebersetzung ist von Ludwig, da Kuhn auch diese Verse nicht in voller Ausführung bietet.

Mit diesen Versen verknüpft Kuhn drei Verse eines Liedes, welches er selbst ein mystisches nennt und dabei doch weiss, dass eine alte und volkstümliche Vorstellung in ihr zu Grunde gelegt wird. Es finden sich diese Verse R. 1, 164, 20—24 und ich gebe dieselbe natürlich nicht nach der willkürlichen und ungenauen Uebersetzung von Kuhn, sondern nach derjenigen von Haug. Wir lesen aber: „Zwei Adler umflattern (als

Kameraden) (und) Freunde denselben Baum, einer von ihnen verzehrt die süsse Pipalafrucht, der andere schaut zu ohne zu essen.

Wo die Adler nach einem Anteil aus dem Unsterblichkeitstrank unablässig (und) absichtslos herumschwärmen, dort ging in mich den Unmündigen der mächtige Herr der ganzen Welt, der Weise ein. Auf der Spitze des Baumes, auf dem die Honig essenden Adler alle nisten und alle Junge hegen, sagt man, ist die weisse Pipalafrucht, die erlangt der nicht, der den Vater nicht kennt."

Suchen wir das Gelesene unserem Verständniss näher zu führen, so werden wir das nicht vermögen, ohne die Verse der berührten Dichtungen aus dem ihnen eigenen Vorstellungskreise uns gegenständlich zu machen.

So ist denn nun bereits vor drei Jahrzehnten von **Max Müller** darauf hingewiesen worden, und zwar im Jahre 1863, dass der Ausruf des Dichters gemäss der alten religiösen Dichtersprache nichts anderes besagen wolle als: „Aus was für Stoff wurden Himmel und Erde gebildet," — und in der That, wer die Lieder X 31 und X 81 vollständig überliest, der muss sagen, dass sie alles andere behandeln als kosmogonische Fragen im eigentlichen Sinne, wohl aber die allgemeine Frage berühren mögen nach der Erhaltung und dem Schutze aller Wesen, vielleicht nach dem Princip des Lebens selbst, denn es gefällt sich der indische religiös-phiosophische Dichter in dem Aufsuchen von Beziehungen des Irdischen und Sinnlichen zu dem Uebersinnlichen, sowie diesen Anschauungen und Vorstellungen der Einbildungskraft das Gewand symbolischer Ausdrüke anzulegen.

So meint denn auch Ludwig, es habe der Dichter von Hymnus X 81 beabsichtigt, darin den Viçvakarman als Prototyp des Königs darzustellen.

Nach den Erklärungen des Sâyana, welcher hierbei mit dem Nirukta in Uebereinstimmung ist, würde R. I. 164, 20 der Vogel, welcher die Frucht geniesst, die individuelle Seele im Körper sein, der andere Vogel aber, welcher zuschaut, die höchste Seele, der Allgeist.

Sucht Sâyana den Vogel in Vers 21 auf ganz verschiedene Weise zu deuten, so werden wir nicht umhin können zuzugeben, dass der indische Commentator, welcher in dem Vogel Strahlen zu sehen vermag, die Sinne, die Sonne, den höchsten Gott, mit der

Seele identisch, uns nicht überzeugen kann, dass er in der Auslegung der Rätselfragen zu der nötigen Klarheit durchgedrungen ist. Sie zu beantworten hat sich Haug angeschickt, welcher die Vögel als die Metra erklärt, die dazu bestimmt sind, den Soma zurückzurufen, den Soma, den Trank der Unsterblichkeit, den Herrn der Welt.

So würde denn auch Vers 22 nach der Erklärung von Haug wiederum Bezug auf Metra haben und auf solche, welche durch Hinzufügung von Sylben neu entstanden sind — es sind dies die Jungen der Vögel, — sowie auf das Somaopfer, auf den Somagenuss.

Damit sind aber die Träumereien von dem kosmogonischen Baum indisch-eranischer Urgemeinschaft beseitigt.

18. Ficus indica und Ficus religiosa.

Ist die Ficus indica, der Nyagrodhabaum, die Baniane „das grösste Wunder der indischen Flora," so wissen wir, dass der Ficus religiosa zierlicher Schwesterbaum Açvattha ist. Von dem Nyagrodhabaum giebt uns Lassen folgende Beschreibung: „Aus einer einzigen Wurzel treibt die Ficus indica einen grossen, grünen Tempel von vielen Hallen hervor. Der Stamm des Baumes teilt sich in keiner bedeutenden Höhe von der Erde in mehrere grosse Aeste, welche wagerecht hervorwachsen. Von diesen gehen Zweige, die sogenannten Luftwurzeln aus, die, sich zur Erde senkend, dort Wurzeln schlagen, an Dicke zunehmen und dann eine Stütze für den Mutterast abgeben. Der Hauptstamm wiederholt höher eine Ausbreitung in Aeste, welche wiederum ihre Luftwurzeln herabsenken, die wurzelnd einen äusseren Kreis von stützenden Säulen bilden. So wiederholt sich das, sodass ein ganzer Hain von Laubhallen und grünen Bogengängen entsteht und sich ins Unendliche fortbildet."

Von der Ficus religiosa wissen wir, dass sie im Karmapadripa mit der Çami in Verbindung gebracht wird, und zwar soll das Holz zum Feuerdrillgerät von einer solchen Ficus religiosa genommen werden, welche bestimmte Bedingungen erfüllt, — aber nur, wenn sich eine solche findet, denn es lautet Vers 1—3:

Von einem Açvatthabaum, der auf einer Çami entsprossen und auf reinem Boden gewachsen ist, von einem Zweige desselben, der nach Osten sich wendet, oder nach Norden, oder auch in die Höhe geht, von dessen Holz verfertigt, so sagt man, soll die araṇi sein, von dessen Holz auch die obere araṇi; für die Spindel und die Ovili wird ein kerniges Stück Holz empfohlen.

Der Açvattha, der mit der Wurzel an einer Çami hängt, den heisst man „auf einer Çami entsprossen; ist ein solcher nicht vorhanden, so kann er sie (die araṇis) ohne Zögern von einem andern als auf einer Çami entsprossen (Aaçvattha) nehmen.

19. Die Ficus religiosa als Schmarotzerpflanze.

Der Karmapadripa belehrt uns, dass zu dem Drillfeuerzeug, welches bei den Culthandlungen Verwendung findet, obere und untere Unterlage vom Baum der Ficus religiosa zu nehmen ist, wie gleichfalls der Drehstab, welcher von der oberen Unterlage gewonnen wird.

Der Spindelstab und die Oberlage sind einem kernigen Stück Holz zu entnehmen, dem Khadirabaum, Acacia katechu, oder auch mit Eisen zu beschlagen, und zwar ist der Spindelstab mit Zwingen zu versehen, offenbar zum Festhalten der Schnur, die Oberlage oder der Halter aber, weil derselbe leicht zu viel unbequemen Dampf bei der Arbeit entwickelt. Natürlich ist das Eisen des Halters wie die Unterlage mit Eindrücken zu versehen, in welchem der Drehstab spielen kann, ohne, wenn mit der Schnur angezogen wird, vom Halter abzuspringen.

Die eigentlichen Feuererzeuger sind Unterlage und Drehstab, beide von demselben Holze und zwar hartem, denn das Holz der Ficus religiosa ist getrocknet von ausserordentlicher Härte und Zähigkeit.

Es ist demnach ein Märchen, von dem Cultfeuerzeug des Inders als einem Urgerät zu sprechen, da es doch nach der Wahl und Zurüstung seiner Hölzer wie nach der Handhabung, — der Verwendung des Eisens, welches auch dazu benutzt wird, als ein Culturgerät hoher Vervollkommnung zu bezeichnen ist: ein grösseres, dazu hartes und weiches Holz verwandt sein zu lassen, da die eigentlichen Feuererzeuger einem und demselben harten Holze angehören.

Ein weiteres Märchen haben unsere vergleichenden Mythologen Kuhn-Steinthal und ihr Gefolge um die Ficus religiosa als angebliches Schmarotzergewächs gesponnen.

Als Schmarotzergewächs im eigentlichem Sinne haben wir bekanntlich dasjenige zr bezeichnen, welches im Holzgewebe anderer Pflanzen, als unechten Schmarotzer die Pflanze, die auf und zwischen der Rinde wurzelt. Wir wissen, dass die Ficus religiosa mit Vorliebe auf dem Khadira-Baum wurzelt, der Acacia Katechu, wie uns denn berichtet wird, dass in den Spalten und Ritzen seines Stammes die Açvattha Zweige Wurzeln schlagen. Demnach ist die Ficus religiosa kein Schmarotzergewächs, sondern es ist nur zu sagen, dass dasselbe öfters epiphytisch gefunden wird, wie das bei jedem Gewächs vorkommen kann, dessen Samen verschleppt wird und in den Spalten und Ritzen eines Baumes Nahrung findet.

Ziehen nun die Cultvorschriften eine Açvatthapflanze vor, welche auf einer Çami, also Prosopis spicigera entsprossen ist, so belehrt uns doch der Zusatz „und auf seinem Boden gewachsen ist, damit die Wurzel an einer Çami hängt," dass in diesem Fall nur von einer Ficus religiosa die Rede ist, welche mit der Çami mittels ihrer Wurzel in nächster Verbindung steht.

Die Beschreibung einer Ficus religiosa, auf einem Baume horstend, gebe ich nach Herrn D. Grundemann, Pfarrer zu Mörz bei Belzig, nach eigener Anschauung in Indien; wir lesen auf seiner Karte vom 23. 9. 63 an mich: „Es ist Ihnen vielleicht interessant, von einem Augenzeugen zu erfahren, wie der Pippal auf andere Bäume steigt. Ich sah den stolzen Königsbaum, wie ihn die Tamulen nennen, auf einer Tamarinde thronen. Wahrscheinlich gelangen Samenkörner aus den kleinen, von fliegenden Füchsen gern gefressenen Feigen auf einen Ast des anderen Baumes, wo sie in der Regenzeit keimen und die Wurzel am Stamme des fremden Baumes, entlang bis zur Erde gelangt. Er verwächst zuletzt mit demselben vollständig, bleibt aber auch im hohen Alter noch erkenntlich. Der Stamm des Pippal selber gleicht überhaupt einem Bündelpfeiler, den man als einen Komplex von Wurzeln fassen kann, die bis an die Zweige reichen. Luftwurzeln hat derselbe nie, — das ist Ficus indica, die Banyane, die, obgleich mit Ficus religiosa verwandt, durch ihren Wuchs von derselben sehr verschieden ist."

Hinzuzufügen ist hier nur, dass der Samen nicht auf dem Ast keimt, sondern in einer Spalte des Astes, dass man allerdings besser nicht von den Luftwurzeln der Ficus indica spricht, immerhin aber die Wurzeln im Pfeilerbündel, die Wurzeln, welche bis an die Zweige reichen, nicht als Erdwurzeln im gewöhnlichen Sinne zu bezeichnen hat.

Hat uns die Beschreibung gelehrt, wie die Ficus religiosa den Baum, in dessen Asthöhlung sie sprosst, mit ihren Wurzeln umzieht, sodann ihre Zweige und Blätter ihn umwölben, und dass dieser Vorgang sich besonders oft auf dem Khadira-Baum findet, an dem die Schlingpflanze Arundhati gefunden wird, so wissen wir, dass bei dem Feuerzeug das Holz von Acacia katechu Spindel und Oberlage giebt, die Ficus religiosa Drehstab und Unterlage, und zwar vorzugsweise diejenige, welche nicht mit der Acacia katechu sondern Prosopis spicigera in Verbindung gestanden hat, auf „die sie gestiegen ist," wie Herr D. Grundemann mir schrieb.

Demnach trage ich kein Bedenken mehr, Zimmers Erklärung von Av. 6, 11. 1, „Auf die Çami ist Açvattha gestiegen," nach welcher diese Worte als Beweis dafür angeführt werden, dass die obere der beiden — nicht Reibhölzer wie Zimmer will, sondern Unterlagen Ficus - Holz sei, das untere Holz von Acacia katechu, zu verwerfen: wie der Pippal des Herrn Pfarrer D. Grundemann auf die Tamarinde gestiegen war, so hat gleichen Vorgang der Vedendichter besungen mit den Worten: „Auf die Çami ist der Açvattha gestiegen." Demnach würden diese Darlegungen sich als weitere Ausführung zu meinem umfassenden Aufsatz stellen: „Das wilde heilige und Gebrauchsfeuer." (Leipzig 1893, Zeitschrift für Naturwissenschaften.)

Der indische Açvattha, der Baum der Wirklichkeit, welcher das Holz für das Cultfeuerzeug bietet und zwar Unterlage und Drehstab oder besser Drillbohrer, hat nichts zu thun mit einem mythischen Baum erträumter Vorgänge am Himmel, denn wie der indische Riesenbaum sich in nichts einem Blitz vergleicht, so sah nie ein sterbliches Auge einen himmlischen Blitz-Wolkenbaum, denn der Blitz entstammt der Cumulo-Stratus-Wolke, welche eine Baumbildung nicht in die Erscheinung treten lässt.

20. Nyagrodha, Açvattha, Palâça.

Angeführt seien die beiden Verse aus den Upanishaden, in welchen der Açvattha begegnet: „Aufwärts die Wurzeln, abwärts die Zweige hat jener ewige Açvattha; er heisst Samen, er Brahma, er Amṛtam. In ihm beruhen alle Welten, über ihn geht keiner hinaus.

Und:

„Aufwärts die Wurzel, abwärts die Zweige, sagt man, habe der unvergängliche Açvattha, dessen Blätter die Metra sind; wer ihn kennt, der ist des Veda kundig" — um sofort die Ansicht aussprechen zu können, dass eine Untersuchung über diese symbolische Ausdrucksweise uns in der Bestimmung der Ficus religiosa als urindogermanischen Mythenbaumes nicht zu fördern vermag.

Aber allerdings hat denn doch auch die Ficus religiosa ihre dichterische Verherrlichung gefunden und sogar mit mythischer Verbrämung, wenn wir lesen (Ath V. 4. 3 — VI, 95, 1), dass die Götter dort den Kushtha besassen, (Costus speciosus,) des Soma Freund, die Verkörperung der Unsterblichkeit. Ein goldenes Schiff fuhr am Himmel, golden war das Tauwerk, darin hatten die Götter den Kushtha, der Unsterblichkeit Blüte. Golden waren die Pfade, golden die Schiffe, mit denen sie den Kushtha herniederfuhren.

Abgesehen nun davon, dass in dieser Dichterstelle der Ficusbaum eben nur die zweite Rolle spielt, haben wir aus derselben nun zu entnehmen, dass ein Dichter gesungen, es habe die Pflanze Kushtha unter dem wunderbaren Feigenbaum (Açvattha) im dritten Himmel gestanden und sei von da zur Erde herniedergelangt, auf goldenem Schiffe herniedergefahren, was eben ein reizendes Spiel der Einbildungskraft erweist, nicht naturwissenschaftliche Anschauung, nicht mystisch-religiöse Wesensverklärung der irdischen Pflanze.

Ist sodann nach Ansicht des Vedencommentators Sankara der Ilpa- oder Ilyabaum in der Kauṣitaki Upanischade der heilige Feigenbaum, so ist derselbe für den vergleichenden Mythologen immerhin deshalb von einer gewissen Wichtigkeit, weil verschiedene Vertreter dieser unklaren Wissenschaft ihn dazu benutzt haben, auch für Indien die Zweiheit der heiligen Bäume im urarischen Sinne zu erweisen, um uns dann, wie Windischmann, zu versichern, dass aus den zwei Bäumen in den Upanischaden einer geworden ist, sofern Ilpa nicht von dem Açvattha unterschieden werden darf, und nun dieser eine Baum vorwiegend Symbol des ewigen unsterblichen Lebens ist.

Auch diese Ausführungen von Windischmann sind Worte ohne Klarheit und rechten Sinn: für den urindogermanischen Mythenbaum und die Himmelslandschaft unserer Germanisten bringen sie nicht einen Schatten von Beweis.

Ferner lesen wir bei Kuhn, dass nach R. X. 135. 1. = Nir. XII. 29 Yama der Fürst der Seligen mit den Göttern unter diesem Baum — er bezieht sich auf Ath. V. 4. 3 und erklärt demnach Açvattha, Ficus religiosa, — (Soma) trinkt, denn wir lesen bei ihm: „Unter dem schönbelaubten Baum, wo Yama mit den Göttern trinkt, dorthin wünscht uns von altem Stamme der Vater, der des Stammes Fürst."

Nun ist doch aber klar, dass wenn die Götter unter einem Baum Soma trinken, in der betreffenden Dichtung ein Vorgang anmutige Verklärung gefunden, welcher irdischer Anschauung, dem Zechen unter einem Baume, in dem erquickenden Schatten desselben, als dem Urbilde entstammt.

Unglaublich ist nun aber das Ergebniss, wenn wir die Worte im echten Texte selbst nachlesen: es findet sich nämlich darin kein Wort von dem Açvattha, wohl aber ist der Palâça-Baum dort genannt; um ihrer Zwecke willen schreckt die vergleichende Mythologie vor wissenschaftlicher Aenderung nicht zurück.

Demnach sagt uns denn auch der Vedencommentator Sâyana, dass die Götter im Schatten des himmlichen Palâça im dritten Himmel ihre Unterredungen halten und von Zimmer lernen wir, dass auch der Palâça-Baum verehrt wurde, denn wir lesen bei ihm: „Parna, butea frondosa, in der späteren Sprache gewöhnlich Palâça: neben Açvattha, Nyagrodha Av. 5. 5. 5. genannt, ein verehrter Baum." So wäre denn ein weiterer Baum gefunden, welcher von Indern verehrt, dichterisch verklärt und mit mythologisehem Beiwerk verbrämt wurde, — nichts weiter, denn der malabarische Lackbaum ist nicht als heiliger Baum urarischen Gemeinlebens anzusprechen. Und nun wenden wir uns zur Ficus indica.

R. I. 24, 7 lesen wir: „In einem grundlosen (Raum) hält König Varuna hellen Geistes die Krone des Baumes aufrecht. Nach unten gerichtet stehen sie — oben ist ihre Wurzel — bei uns mögen seine Strahlen befestigt sein."

Ueberdenken wir das Gelesene, so finden wir, dass ein Zweifel nicht wohl darüber erlaubt ist, dass der Dichter dem verwendeten Bilde die Vorstellung von einer Ficus indica zu Grunde gelegt hat. Zur Erklärung des Verses bemerken Pischel und Geldner: „das weite Blütendach des Baumes ist der Himmel, die Lichtstrahlen, welche derselbe herabsendet, werden mit den Luftwurzeln verglichen, welche sich herabsenken und unten wieder Wurzeln schlagen; die letzten Worte sprechen den Wunsch aus, dass das himmlische Licht wie ein Nyagrodha-Baum sich immer verjüngend zu den Menschen herabdringen möge."

Aber wir müssen auch weiter den angeführten Erklärern zustimmen, wenn sie behaupten, dass die Baniane zwar zu einem Vergleich mit dem Weltraum oder Himmel verwendet sei, nicht aber zum Ausdruck einer uralten mythologischen Idee, wie denn „der Veda überhaupt etwas der nordischen Esche Yggdrasill ähnliches nicht kennt."

21. Der Açvattha als Baum der Intelligenz.

Von Lassen — und ihm zustimmend Zimmer, lassen wir uns noch sagen, dass der Açvatthabaum den Weisen unter den Brahmanen als Bild der irdischen Welt gilt, dass den Buddhisten dieser Baum zu einem im strengeren Sinne heiligen wurde, denn unter diesem Baume gewinnt Buddha die höchste Stufe der Intelligenz, die Stufe eines Buddha. Und so wird der heilige Feigenbaum der Inder zum Baum der Intelligenz.

So weiss der Inder nicht nur den Nyagrodhabaum als den gewaltigen Riesen der indischen Pflanzenwelt durch die Bezeichnungen des „Männlichen" ansprechende Bezeichnung zu geben, sondern auch den Açvattha als den zierlicheren, mit dem Beiwort „des Weiblichen" zu kennzeichnen und zwar in treffender Weise: Nyagrodha und Açvattha suchen und finden im Palāça den Genossen.

Aber ob wir Ficus indica, religiosa und Butea frondosa in ihrer dichterischen Verherrlichung aufsuchen, in den Verquickungen mit Mythen, in der Verwendung zum Cultfeuer, nirgends lässt sich eine Spur davon erweisen, dass sie in Beziehungen gestanden zu den Bäumen des Garten in Eden, den heiligen Bäumen des Assyro-Chaldäer, jenen Pflanzen, von denen wir im Avesta gelesen, Bündehesch und Minokhied.

21. Aus Griechenlands Sagenwelt.

In dem „Ursprung der Mythologie," jenem seltsamen Buche, welches um seines Titels willen ebenso oft angeführt wie seines Inhaltes wegen nicht gelesen zu werden pflegt, teilt uns der Hauptmythologe der Berliner Anthropologenschule mit, dass Kuhn in Betreff der Abstammung aus den Eschen an diejenige oft dem Regen vorangehende Wolkenbildung dabei erinnert, die man in Deutschland einen Wetterbaum nennt, sodass dies wieder der letzte Rest einer allgemeineren alten Anschauung wäre, die in dieser wie in ähnlichen dem Gewitter vorangehenden Wolkenbildungen einen himmlischen Baum wahrzunehmen glaubte — nach der Anmerkung der Wetterbaum unserer Landleute, der Abrahamsbaum, der Adamsbaum.

Offenbar will dieses wirre Satzgefüge sagen, dass nach allgemeiner Anschauung der Wetterbaum als ein himmlicher Baum angesehen wird, mit dem nicht nur die Eiche gleichgesetzt ist, sondern von dessen himmlischer Urnatur sich auch die Abstammung erklärt, also diejenige des ehernen Geschlechtes, und der Nymphen, welche der Esche entsprossen sind.

Dann lesen wir bei Schwartz weiter: „Wie auch in der deutschen Mythologie die Esche Yggdrasil, die die ganze Welt überschattet, ein solcher Himmelsbaum ist, stellen sich dazu Bäume der griechischen Sage, an denen der Schatz als goldenes Vliess, als goldene Aepfel prangt, ich meine vor allen die Ares-Buche oder Esche im Osten in Kolchis und den hespireschen Baum im Westen, mit dem gleichzeitig der Drache entstanden, auf welche enge Verbindung des heiligen Baumes mit dem Drachen, sodass jener nicht beraubt werden kann, ohne dass dieser bekämpft ist, auch schon Bötticher in seinem Baumcultus der Hellenen hingewiesen hat."

In der Anmerkung zu diesem gleichfalls hinlänglich wirren Satzgefüge lesen wir dann, dass der Baum mit den goldenen Aepfeln ein Gewitterbaum ist, welcher in den Märchen häufig „auftritt" und des Nachts blüht und Früchte trägt.

Und nun sucht Schwartz die Lanze dabei eine Rolle spielen zu lassen, was uns dann so erklärt wird, dass es vom Standpunkt gläubiger Auffassung nicht wunderbarer als alles Andere ist, wenn man aus dem himmlischen Eschenwetterbaum ein ehernes Geschlecht wie Talos im Gewitter entstehend wähnte, dem nun der Krieg, der Kampf des Unwetters am Herzen läge, anderseits neben den lanzenschwingenden Giganten auch lanzenschwingende Wolkennymphen, gleichsam eine Schaar von Athenen, wie die Amazonen aus dem Wetterbaum hervorzugehen scheinen. So würden wir uns denn mit dem Baum des Ares zu beschäftigen haben, dem Apfelbaum des Westens, der Esche.

22. Die Jasonsage.

Werden wir nicht zu leugnen wagen, dass das mythologische Studium in Deutschland an Anhängern verloren, so ergiebt sich uns die Erklärung für diese bedauernswerte Thatsache aus der Art und Weise, wie an Stelle der Aufrollung eines Mythus nach den Quellen die Vernachlässigung der Quellenforschung, vor allem Quellensichtung getreten, lediglich zu dem Zweck, mit der Willkür der Deutung die eigene Geistreichigkeit in blendenden Erfolgen zu erweisen.

So war man gewohnt, früher die Argofahrt als historisches Ereigniss aufzufassen, Jason demnach als den ersten Seefahrer zu bestimmen, als Kaufmann oder auch als Seeräuber.

Jedenfalls beweist das Gold von Kolchis, der Stahl der Chalyber — die Chalyber, später Chaldäer, aber armenisch Chaltikh, bewohnten ein an Eisengruben noch heute reiches Land und zwar unter dem 40.—41. Breitengrade und dem 36. bis 38. Längengrade, — die kräuterkundige Medea, die Bereiterin des Liebestrankes, welcher aufregende Säfte barg, — das Colchicum wird noch heute zu unseren Heilmitteln gezählt, — dass zwischen Griechenland und Colchis in früher Zeit Culturbeziehungen stattgefunden haben.

Von Jason als geschichtlicher Gestalt haben die Mythologen sich losgesagt, aber eine Einstimmung ihrer Ansichten haben sie in nichts erzielt. So ist Jason nach O. Müller der junge in die Welt tretende wahrhaft versöhnende Gott, nach Gerhard aber der Heros, der Retter, welcher zum Heile des dürren Landes den befruchtenden Regen schafft, da das Vliess die regenspendende Wolke ist. Als den Dämon des Frühlings mit seiner milden Sonne und den befruchtenden Regengüssen, aber auch der Sühnung und Befreiung des Landes von der auf ihm ruhenden Schuld preist Preller den Jason, Wecklein als einen anderen μειλίχιος, den man um das befruchtende Wasser anfleht — welcher dem Gott Indra vergleichbar wäre — während Kuhn den Jason als Sonnenheros auffasst, ihm im wesentlichen nachsprechend W. Mannhardt, Myriantheus den Jason als Helios erklärt, die Medea als Morgenröte, Schwartz einen Gewitterhelden bei seiner Erklärung im Auge hat, während Seeliger früher meinte, in Jason sei ein dem Hermes ähnlicher Himmelsgott zu erkennen, der dem Lande die fruchtbare Gewitterwolke zuführt und als Segenspender und Geleiter der Seefahrt verehrt wird.

Alle diese Erklärungen und Deutungen sind leere Vermutungen, nicht wert der Widerlegung, wie denn Seeliger selbst zugiebt, dass die vergleichende Methode bei der Deutung dieses Heros zu keinem sichern Ziele führt und W. Mannhardt und H. D. Müller sogar Anlass zu der Deutung von O. Crusins geworden sind, dass in der Jansonsage prototypische Andeutungen von ländlichen Festgebräuchen enthalten sind, sodass das Ganze der Sage dem Demeterkreise angehöre.

Endlich sei noch bemerkt, dass auch die Mythologie, welche aus Volkstum und Volksstamm ihre Sätze entwickelt, in der Jasonsage zu Klarheit und Einstimmung nicht gelangt ist, dass sie schwankt, ob sie ihren Helden als Minyer anzusprechen hat, oder als Joner, als Altargiver und Pelasger oder Aioler: Grotefend will Jason zu einem Phönizier machen und stellt diesen Namen zu Jesus-Heiland.

Und hier sehen wir auch wieder, woher die Scheingelehrsamkeit ihre Kräfte und Erfolge schöpft. Da irgend ein krauser Denker die Gleichung Jason-Jesus-Heiland aufgestellt, da in der Jasonsage ein Baum erwähnt wird, da dieser Baum als Wetterbaum von einem krausen Kopfe an den Himmel versetzt wird, so sind, da auch Odhin an der Esche hängt, welcher Mythus nach Bugge dem Vorgange von Christi Kreuzigung seinen Ursprung verdankt, nun jene unglaublichen Aufstellungen zwar die Bewunderung aller verwirrten Köpfe gewesen, welche um so grösseren Erfolg hatten, als sie das fragwürdige Fleisch ihrer seltsamen Gestaltungen mit dem glänzenden Scheingewande hohler Prunkgelehrsamkeit zu verdecken verstanden: aber es ist doch zu bedauern, dass noch keiner von jenen klugen Köpfen die geschichtliche Jesus-Gestalt in die Himmelslandschaft mit dem Wetterbaum versetzt, sie aus dem Jason-Mythus erklärt hat, damit endlich auch in der Mythologie erkannt wird, dass Jesus der Geschichte und der Religion angehört, dass z. B. die Bewunderung der Thaten des Herakles nutzbringender von moralischem Standpunkt aus geschieht, als von physischem, wie die Jasons von culturellem. Gehen wir nun auf die Einzelheiten der Jasonsage näher ein, so heben sich aus derselben in ungemessener Bedeutung hervor, 1) die Fahrt, 2) die Gewinnung des Vliesses, 3) Medea und die Heimfahrt.

Von diesen Hauptstücken der Sage streift nur Nr. 2., die Gewinnung der Vliesses, den Baum und zwar recht unbedeutend. So berichtet uns Apollonius Rhodius, dass das Vliess einer Wolke vergleichbar, sich auf einem Baume befand, auf den es geworfen war, und zwar einer unermesslich grossen Eiche, (φηγός, quercus aesculus,) wie denn der Baum später unmittelbar und allgemein δρῦς genannt wird, denn wie uns φηγός sich etymologisch mit Buche deckt, so ist zu sagen, dass der Grieche damit die bestimmte Eichenart bezeichnet, — das wussten wir alle als Secundaner und lehrten es wieder in Secunda, nur Schwartz vermag Buche und Eiche nicht zu scheiden, — ist an der Bezeichnung von Baum δρῦς diejenige von Eiche haften geblieben. Bemerkt sei noch, dass die Buche südlich vom Pindus nicht gefunden werden soll.

Von dieser Eiche ist nun zu sagen, dass sie, wie bemerkt, in einem Haine vorkommt, von einer Schlange umwunden wird, welche Medea einzuschläfern sucht, gegen welche Jason das Schwert zum Stiche wendet, dass der Grieche selbst keine Art von Gewicht auf dieselbe legt, denn an ihre Stelle wird sogar eine Säule gesetzt, eben wieder ein Beweis, dass sie in der Sage unglaublich unbedeutende Nebensache ist.

Und damit ist nun die Behauptung von Schwartz, dass diese Eiche — oder Säule — der Jasonsage jener allgemeinen alten Anschauung entstammt, welche dieselbe aus einem Baum am Himmel gewonnen und zwar den Wetterbaum unserer Landleute, zur spasshaften Verneinung jeder Anschauung, jedes Wissens geworden, denn es vergleicht sich kein Wetterbaum mit der gewaltigen Eiche mit dem breitausladenden Aesten, der Wetterbaum umschlingt nie eine Wolke wie die Schlange die Eiche, an ihm hängt nie eine andere Wolke hernieder, sodass nie der Vergleich mit einem Vliess sich aus diesem Wolkengebilde ergeben würde, — abgesehen davon, dass dem Wetterbaum nie Helden oder dämonische Weiber zu nahen sich anschicken.

23. Die Aepfel der Hesperiden.

Treffen wir Einzelheiten der Jasonsage bereits in den homerischen Liedern, so lernen wir die Hesperiden, ihre goldenen Aepfel, die Schlange Lado, welche die ganz goldenen Aepfel bewacht, in einer Höhle, sicher am Fusse des Baumes, aus Hesiod kennen, während in den bildlichen Darstellungen die Schlange den Baum zu umwinden pflegt.

Für das Verständniss der Sage von den Aepfeln der Hesperiden ist es von höchter Wichtigkeit festzustellen, was an dieser Sage ursprünglich, was späteres Gut, demnach Hinzufügung durch Weiterspinnen der Sage oder willkürliche Ausschmückung und Wandlung des Stoffes von Seiten späterer Dichter ist.

Da ist denn nun zuerst darauf hinzuweisen, dass die Verbindung von Herakles mit den Aepfeln der Hesperiden erst durch die Herakleen herbeigeführt ist, und zwar aus dem Wesen des Herakles selbst, welcher sich ebenso in Feldzügen auszeichnet, als durch das Bestehen von Abenteuern und Ausführen von Thaten, die ihn in die enferntesten Gegenden der Erde führen.

Mag deshalb in diesen so zurecht gemachten Sagen von einem Drachen die Rede sein, die älteste Ueberlieferung spricht von der Schlange, weshalb es hier nicht nötig erscheint, die Bedeutung der Drachenkämpfe des Herakles zu erörtern, mithin auch nicht, inwieweit die Deutung des etwa hierher zu ziehenden Sternbildes zu erörtern ist. Mit der Ausscheidung der Heraklessage nach ihrer Ursprünglichkeit aus derjenigen von den Hesperiden ist aber auch jede Beziehung und Gleichsetzung zu und von den Aepfeln der Hesperiden und den Sternen ohne Sinn geworden.

Was aber sind nun die Aepfel?

Aus Leunis-Frank erfahren wir, dass $\mu\tilde{\eta}\lambda o\nu$ jede fleischige, apfelförmige Frucht mit Kernen bezeichnet, dass jedesmal erst aus dem Zusammenhang zu ersehen ist, welche Frucht mit der Bezeichnung Apfel im griechischen Altertum gemeint wird.

Als Hesperidenfrüchtler werden denn nun besonders die Auranteaceae bezeichnet, die Orangengewächse, also die Goldäpfel, und von diesen natürlich ganz besonders Citrus aurantinus, wonach Orange, Goldapfel die Frucht der Hesperiden zu sein hätte.

Nun weisen aber Frank-Leunis darauf hin, dass die Bäume dieser Familie erst seit 1800 Jahren — die Pomeranze seit 1548 in Portugal — in den Geländen des Mittelmeeres gepflanzt und gepflegt werden, — mithin scheidet die Familie aus unserer Untersuchung aus. Aber es liest sich dann wieder mehr als seltsam, wenn Leunis-Frank sagen, man behauptet in späterer Zeit, Hercules habe aus den Hesperiden-Gärten nicht Orangen, sondern Aepfel, Quitten und Gold gebracht. Wie aber kann man erst in später Zeit auf Aepfel und Quitten gekommen sein, da man umgekehrt erst in später Zeit die Orangengewächse in die Gelände einziehen lässt, welche das Mittelmeer bespült? Aber in der That kann man selbst in Athen erst von der Cultur des medischen Apfels seit der Zeit Alexander des Grossen sprechen.

Demnach beibt nur übrig, Granatapfel, Quitte, sodann die Frucht, welche wir Apfel zu nennen gewohnt sind, als Hesperidenäpfel anzusprechen.

Punische Aepfel, Punica mala, die Frucht also von Punica Granatum zieren den Baum, dessen Gewächs der Semit Rimmon nannte, der Athener Rhoa, der Boeoter Side, wie die späteren Bewohner Griechenlands auch den Baum selbst bezeichneten.

Der Granatapfelbaum ist ein Gewächs der Gestade des Mittelmeeres, von welchem der Lexicongelehrte ohne Kenntniss der Naturwissenschaft, Victor Hehn, behauptet, Syrien, Palästina oder Kanaan sei die Heimat dieses Baumes, Leunis-Frank aber, dass er wahrscheinlich erst aus seiner nordafrikanischen Heimat in den Orient verpflanzt sei, was auf eine Culturverbindung von Syrien und Nordafrika in der allerfrühesten Zeit hinweist.

So hat denn auch der Granatapfelbaum, ausgezeichnet durch seine scharlachroten Blüten, nicht ohne medicinelle Eigenschaften, und eine Frucht, welche man isst und zu kühlenden, weinartigen Gährungsgetränken benutzt, im syrisch-phönizischen Cult volle Beachtung gefunden, wie es eben wahrscheinlich ist, dass die phönizischen Bauleute des salomonischen Tempels die Anwendung des Granatapfels als Ornament auf den Cultgeräten der Israeliten veranlasst haben.

Aber auch bei den Israeliten tritt der Granatapfelbaum bedeutsam hervor. Hat Saul unter einer Tamariske Recht gesprochen, so ist dies auch unter einem Granatapfelbaum geschehen, und da der Standort von beiden Bäumen Gibeah ist, so ist es wahrscheinlich, dass der Granatapfelbaum zur Gerichtssitzung gewählt ist, wie bei uns die Linde. Als Bäume übrigens, mit denen Cult- oder Rechtsbrauch verknüpft ist, finden wir bei den Israeliten Eiche, Palme, Terebinthe, und wie bemerkt Tamariske und Granatapfelbaum erwähnt.

Von der Granate sagen uns Leunis-Frank, dass sie bei den alten Griechen Persephone und der Here geheiligt war, weshalb auch Juno, also Here, mit einem Granatapfel in der Hand abgebildet wird. Weil der Granatapfel den Griechen und anderen Völkern als Symbol der Fruchtbarkeit galt, warfen die Gäste in den alten hellenischen Zeiten, wie noch jetzt beim Eintritt eines Brautpaares geschieht, einen Granatapfel auf den Boden, um ihn zu zerschmeissen, als Zeichen des Glückes, des Ueberfliessens und der Fruchtbarkeit.

Mit dem Granatapfel tritt in den Kreis des mythologischen Wettbewerbs die Quitte ein, Pirus cydonia, malum cotoneum, die Frucht also von Cydonia vulgaris.

Von den Quitten sagen uns Leunis-Frank, dass sie bei den Alten das Symbol des Glückes waren, der Liebe und Fruchtbarkeit und der Aphrodite oder Venus heilig, denn der Apfel der Venus war unsere Apfelquitte, welche Columella Cydonia chrysomelina nennt, der Liebes- und Goldapfel der Idyllendichter. Neuvermählte mussten deshalb eine Quitte essen.

Führt uns das Beiwort cotoneum, cydonium, $\varkappa\upsilon\delta\acute{\omega}\nu\iota\sigma\nu$ auf den Namen der cretischen Stadt Kydonia, im N. W. der Insel am Flusse Jardanos, so möchte V. Hehn in seiner gewohnten Weise des Haschens nach Geistreichigkeit, womit er seine Zeitgenossen geblendet wie seine Geistesverwandten, die vergleichenden Mythologen dies mit der grossen Menge der Halbgelehrten noch jetzt thun, aus dem Beinamen $\varkappa\upsilon\delta\acute{\omega}\nu\iota\sigma\nu$ die Gesichte des Baumes herleiten. Aber die Geschichte ist unklar geschrieben, denn es sagt uns Victor Hehn, dass die Kydonen zu den ältesten halbmythischen Bewohnern gehörten, und dass demnach die Einführung des Apfels auf ein früheres Zeitalter deutet: und doch würde die Zeit eine keineswegs besonders frühe sein, wenn die Erwähnung des Baumes in der Litteratur mit Einführung seiner Pflege zusammenzufallen hätte, denn erst der Lyder Alcman in der Mitte des siebenten Jahrhunderts hat $\varkappa o\delta\upsilon\mu\alpha\lambda o\nu$, um sechshundert redet der Siculer Stesichoros von $\varkappa\upsilon\delta\acute{\omega}\nu\iota\alpha$ $\mu\tilde{\alpha}\lambda\alpha$. Was nun die Herkunft der Kydonen betrifft, so ist man allerdings nicht sicher, ob die Anwohner des Flusses Jardanos als Semiten erwiesen werden können, nach der phönizischen Bezeichnung Jardên Fluss, aber sicher ist, dass wir in Kreta drei Bevölkerungsschichten zu scheiden haben, und zwar sind als die ältesten Völker der Insel die Kreter zu bezeichnen, die echten Kreter, Eteocreter, wie die Griechen sie nennen, dann treten die Kydonen auf, darauf die Griechen.

Ist nun die Quitte ursprünglich als Baum des Orientes anzusprechen, der erst mit den Kydonen nach Kreta gekommen, unter Alcman und Stesichoros an den Gestaden des Mittelmeeres seine Verbreitung gefunden, so würde er der alten Hesperidensage gar nicht zuzusprechen sein, was Victor Hehn offenbar nicht gemerkt hat, denn er nennt die $\chi\rho\acute{v}\sigma\epsilon\alpha$ $\mu\tilde{\eta}\lambda\alpha$ der Hesperiden und Atalante idealisierte Quitten und zwar schlechthin, also nicht beschränkt auf die spätere Zeit.

Wir wenden uns zum Apfel, der Frucht also von Pirus malus.

Es ist bekannt, dass der Apfel wie in Syrien und Palestina so auch in den südlichen Ländern Europas am wohlschmeckendsten dort gedeiht, wo der Baum zur kühleren Höhe des Gebirges ansteigt, ebenso dass die Frucht als ein Symbol der Liebe und Zeugung betrachtet wurde, sicher also um der Wirkung der Frucht willen, welche anreizender Eigenschaften nicht entbehrt.

Somit würde das Endergebniss dieser Untersuchung sein, dass Apfelsine, Orange und Pomeranze überhaupt nicht als hesperische Aepfel bezeichnet werden können, die Quitten erst in späterer Zeit: für den Granatapfel spricht die nordafrikanische Herkunft desselben, für den Apfel wohl die Volksanschauung, welche aber von dem Augenblick zum Granatapfel übergegangen sein wird, wo die Verschmelzung von Herakles- und Hesperidensage begann sich zu vollziehen.

Und nun erschliesst sich uns die Sage in ihrer vollen Bedeutung. Ist Apfel und Granatapfel Attribut der Here, aber auch der Aphrodite, das Symbol der Liebe, Zeugung und Fruchtbarkeit, so weiss die Volkssage sich dieses Stoffes zu bemächtigen, indem sie den Besitz derselben als erwünscht bezeichnet, durch schmückende Beiworte die erlesene Frucht verherrlicht, dieselbe in weite, märchenhafte Ferne versetzt, wo sie bewacht wird von den Hesperiden mit helltönender Stimme, wie von der baumbehütenden Schlange.

In dieser einfachen Klarheit treten uns die Grundzüge der
Sage denn auch bei Hesiod entgegen, und haben spätere Sagen
die Urschöpfung gewandelt, so haben wir doch nicht das Recht,
aus den Einzelheiten dieser Wandlungen weitgehende Deutungen
zu schöpfen, am wenigsten, als hesiodeische Mitteilungen anzusprechen, was diesen fremd ist, wie denn in Bewährung seiner
bekannten Leichtfertigkeit C. Robert sogar die Aepfel des
Hippomenes dem Hesiod überweist.

Ist eine volle Klarheit, selbst wenn wir auch die Quitte
preisgeben, nicht zu erzielen, ob Granate oder Aepfel in unserem
Sinne von den Hesperiden bewacht werden, so ist doch die
Sage in jeder Beziehung darin klar, dass es sich um den Besitz der Frucht handelt, also um die Frucht selbst, nicht um
den Baum. Auch darin ist die Hesperidensage in jeder Beziehung klar, dass dieselbe eine Frucht der Wirklichkeit umspielt, welche im Cult der Göttinnen der Ehe und Liebe
hervortritt.

Eine Frucht der Wirklichkeit vermag aber wiederum nur
einem Baum der Wirklichkeit zu entstammen. Damit ist aber hin-
fällig, was in Bezug auf diesen Baum von der anthropologischen
und germanischen Mythologie erträumt ist, da weder der
Granatapfelbaum noch der Apfelbaum in unserem Sinne sich
als geheimnissvolle Gewitterbäume, in der Nacht erblüht und
Früchte tragend, erwiesen haben, — ausser in den christlichen
Weihnachtssagen, welche mit dem alten Hellenentum nicht zu-
sammenzustellen sind, treten in der Nacht erblühte Bäume nicht
hervor, — noch als Wetterbäume, noch als sonstige urarische Gewächse in einer Himmelslandschaft, sondern als solche, von denen
die Frucht als Symbol der Liebe und Zeugung, der Fruchtbarkeit
und Vermehrung im griechischen Cult und in der Hesperidensage gebrochen sind und ihre Verklärung zu finden wussten.

24. Das eherne Geschlecht, die Nymphen.

Hat in der Hesperidensage die Frucht ihre Bedeutung
durch ihre anregenden und anreizenden Wirkungen im Liebes-
und Eheleben, im Cult und in der Götterverehrung, so ist es
natürlich, dass der Baum als solcher eine besondere Bedeutung
nicht beanspruchen kann, weshalb es schier unerklärlich erscheint,
dass der Baum in der vergleichenden Mythologie zum Ausgangspunkt der Sage hat gemacht werden können. Aber auch die

nun folgende Sage hat andere Wege eingeschlagen, als die bisher betretenen, da wir bei derselben nicht mehr an den bestimmten Baum zu denken haben, sondern an die Bäume derselben Art, ja verschiedener Familien. Verzeichnen wir dennoch den Versuch, die verschiedenen Arten der Bäume in eine zusammenzuziehen und die Bäume dieser Art wieder in einen einzigen, so geschieht dies natürlich nur aus dem Grunde, damit sich daraus die Thatsache um so klarer ergiebt, mit welcher Leichtfertigkeit von Seiten der sogenannten vergleichenden Mythologen und ihres Anhanges Scheinergebnisse gewonnen zu werden pflegen, die noch immer als besonders kostbare Perlen der Forschung von der urteilslosen Menge angestaunt werden, welche das Gewand der falschen Gelehrsamkeit mit Bewunderung betrachtet.

Weiss uns Kuhn zu sagen, dass Zeus das dritte eherne Geschlecht aus Eschen schafft, so erörtert er zwar diese Thatsache nicht, aber er versichert uns sofort, dass der nordische Mythus den Ursprung des jetzigen Menschengeschlechtes an die Esche knüpft, — o nein nur des Mannes! — und berichtet, dass die peloponnesiche Sage den Phoroneus von dem Flussgotte Inachos und der Esche Melia abstammen lässt.

Dann lesen wir weiter: „Vielfältig werden wir, wo das Geschlecht eines Heros auf Okeaninen zurückgeführt wird, auf eine Göttin des Wolkenmeeres und nicht des Oceans zurückzugehen haben, wie dies bei der Melia, der Esche, augenscheinlich der Fall ist, in der wir diejenige Wolkenbildung zu erkennen haben, welche der Norddeutsche noch heute einen Wetterbaum nennt, und dem der Mythus von der Weltesche Yggdrasill seinen Ursprung verdankt."

So sind wir denn, nachdem Kuhn die Bäume der Art Esche, die Nymphe, welche er in eine Esche umwandelt, den sagenberühmten Baum der Nordgermanen in ein Bündel zusammengeschnürt, bei der Wolkenbildung angelangt, welche unseren norddeutschen Landleuten, Deutschen und in das Deutschtum eingegangenen Slaven, sehr wohl bekannt ist.

Von Schwartz erinnern wir uns gelesen zu haben, dass man nach seiner Ansicht wähnte, es sei aus dem Eschenwetterbaum ein chernes Geschlecht entstanden, denen nun „der Krieg," und dieser Krieg wäre „der Kampf des Unwetters," am Herzen liege.

Wer mit den Schriften von Schwartz vertraut ist, wird vermuten, dass der Kampf mit dem Unwetter reine Einbildung dieses Herrn sein wird: in der That findet sich denn auch bei Hesiod, auf den er sich beruft, weder eine Darlegung noch auch nur Hindeutung, welche den Unwetterkampf schildern, oder sich darauf beziehen.

Aber auch Preller lässt die Melischen Nymphen nur deshalb mit Erinyen und Giganten aus den herabfallenden Blutstropfen nach der Entmannung des Uranos durch Kronos entstanden, in dieser Gesellschaft der „Dämonen der Rache, der rohen That, der blutigen Gewalt" genannt werden, da auch das dritte Geschlecht aus Eschenholz geschaffen wird, weil der Schaft der blutigen Stosslanze gewöhnlich von der Esche genommen wird.

Auch die Worte Prellers entstammen nicht klarer Vorstellung, denn wenn einmal das Blut Zeichen des Todes ist, also an der Stosslanze, und einmal Ursprung des Lebens, und zwar bei den Nymphen, so vermag nicht aus dem Blute die Verbindung zwischen dem ehernen Geschlecht und den Nymphen hergestellt zu werden, sondern allein aus der und durch die Esche.

Was nun die Nymphen als solche betrifft, ersehen wir aus den Aufstellungen und Mitteilungen der Alten, dass es deren verschiedene Arten giebt und zwar solche der Gewässer, Najaden ($N_{\eta}\iota\dot{\alpha}\delta\epsilon\varsigma$, $N\alpha\iota\dot{\alpha}\delta\epsilon\varsigma$), der Gebirge ($'O\varrho\epsilon\iota\dot{\alpha}\delta\epsilon\varsigma$), der Haine und Wälder ($'A\lambda\sigma\eta\dot{\iota}\delta\epsilon\varsigma$, $N\alpha\pi\alpha\tilde{\iota}\alpha\iota$) und der Bäume, Dryaden, Hamadryaden ($\delta\varrho\nu\acute{\alpha}\delta\epsilon\varsigma$, $\dot{\alpha}\mu\alpha\delta\varrho\nu\acute{\alpha}\delta\epsilon\varsigma$, wenn wir unter $\delta\varrho\tilde{\nu}\varsigma$ nicht nur die Eiche verstehen: jedenfalls wird noch bei Sophocles in den Trachinerinnen das Wort auf Fichte bezogen, bei Euripides im Cyklop auf Oelbaum: die Freigelassenen haben bei den Panathenäen einen Baumzweig zu tragen, welcher gleichfalls $\delta\varrho\tilde{\nu}\varsigma$ genannt wird, während Schoemann durch die Freigelassenen nur den Markt und die Strassen, durch welche der Zug sich bewegt, mit Eichenlaub schmücken lässt. Aber die verwandten Worte der griechischen und der verwandten Sprachen — nur das Altirische hat durchweg die Bedeutung von Eiche den hierhergehörigen Worten beigelegt, lassen denn doch wohl darüber einen Zweifel nicht aufkommen, dass $\delta\varrho\tilde{\nu}\varsigma$ erst Baum bezeichnet hat, dann aber mit Vorliebe auf Eiche übertragen ist.

Neben den Baummythen allgemeinster Benennung finden wir aber auch solche, welche nach bestimmten Baumarten ihre

Bezeichnungen haben, und es ist überaus bemerkenswert, dass Hesiod von den Nymphen berichtet, welche man Μελίαι nennt, also nach der Esche, μελία oder μελίη, und dass auch die Eiche φηγός ihren Beitrag zu dem Geschlecht der Nymphen geliefert, beweist der Name der Nymphe Phegeia, denn es ist φηγός nach den Alten quercus aesculus, die immergrüne Wintereiche oder Speiseeiche, wie Dioscorides mit dem Namen φηγός auch Quercus ballota belegt, die langfrüchtige oder Haselnuss-Eiche, deren Früchte rot und gerötet gegessen werden und im Süden einen Marktartikel bilden: erst Linné hat die Rosskastanie mit dem Namen Aesculus beehrt, während den Alten diese Frucht und dieser Baum ganz unbekannt waren.

Nun haben wir im Griechischen bekanntlich ein an μελία anklingendes Wort, und wie im Deutschen nicht jedes Wort rein ausgesprochen wird, so war dies unzweifelhaft auch im Griechischen der Fall.

Es heisst aber im Griechischen μῆλον, das Schaf und der Apfel, μηλία der Apfelbaum, μήλειος von Schafen, vom Apfelbaum.

Ein Beweis nun, wie selbst der Grieche der alten Zeit μηλία und Μελία durch einander wirrt, giebt uns der Scholiast zu Apollonius Rhodius II, 4, denn es werden nach demselben Nymphen Μελίαι genannt, wegen ihres Zusammenhanges mit dem Apfelbaum, (διὰ τὸ περὶ μηλίας διατρίβειν.) wie die allgemeine Lesart ist, während in Cod. P. allerdings μελίας gelesen wird.

Was wir in den Handschriften der Scholien finden, die Verwirrung der Laute und damit der Nymphen, das erweist auch das weitere griechische Altertum, denn wir lernen aus seinen Denkmälern Apfel- und Schafnymphen kennen, je nachdem wir Μηλίδες, Μηλιάδες, Ἐπιμηλίδες, Ἁμαμηλίδες auf μῆλον in der Bedeutung von Apfel oder Schaf beziehen, und dass auch der Grieche mit dem Kleinvieh gerechnet in Bezug auf das Wesen der Nymphen, beweisen die Beiworte derselben: νόμιαι und αἰπολικαί.

Aber wir haben für diese unsere Behauptung die unmittelbaren Zeugnisse der griechischen Gelehrten und Forscher.

So sagt Diodorus Siculus: die letzte Heldenthat, welche Herakles verrichten sollte, bestand in der Aufgabe, die goldenen Aepfel der Hesperiden aus Afrika zu holen. Manche Mythologen behaupten, es wären wirklich goldene, von einem Drachen bewachte Aepfel, andere meinen, es wären schöne und vielleicht gar goldgelbe Schafe gewesen.

Auch Varro spricht und zwar in diesem Sinne, indem er sich bei seinen Behauptungen auf die Sprache stützt: „In Lybien wohnten in alten Zeiten die Hesperiden; von diesen holte Herkules Ziegen und Schafe und man sagte, er hätte da aurea mala geholt. Darunter sind aber nicht goldene Aepfel zu verstehen. Golden heissen aber die Schafe, weil ihre Wolle einen hohen Wert hat, und mala ist nur eine Abänderung des Wortes mela, welches Schafe bedeutet: bei uns heissen sie bela; das kommt daher, weil die Griechen die Stimme des Schafes durch me ausdrüken, während wir Römer bee sagen und davon auch das Blöken belare nennen." So wird aus der Eschen- die Apfel-, und aus der Apfel- die Schafnymphe.

Auf eine enge Verbindung von mythologischem Wesen und Baum weist auch die Ansicht der Alten hin, dass nach griechischer Vorstellung das Leben der Nymphe mit demjenigen des Baumes eng verknüpft ist, denn es stirbt die Nymphe, wenn der Baum eingeht.

Daraus scheint mir aber auch die Meinung von Lehrs sich als nicht haltbar zu ergeben, wenn er sagt: „Dass im allgemeinen der griechischen Vorstellung nicht sowohl Baumnymphen vorschwebten als Waldnymphen, ist angemessen dem grossen und freien Styl, in welchem wir jene Gesellschaft des immer regen Naturlebens finden", abgesehen davon, was Lehrs unbekannt zu sein scheint, dass die Götter wie Dämonen aus besonderer sich zu allgemeiner Thätigkeit erheben, ihr Wesen und ihre Wirksamkeit nicht verengen, sondern in die Weite dehnen.

Den Ursprung der Nymphen führt Lehrs darauf zurück, dass der Grieche sie in seiner Einbildungskraft als Geschöpfe der Regsamkeit, Ueppigkeit, Heiterkeit, Keckheit des Naturlebens schafft, — wie ihre gegensätzlichen Wesen, die Pane, — denn wir lesen bei ihm: „dass der Grieche zuerst und gleich allverbreitet das Naturleben durch Mädchen darstellte, ist der Anmut, in der ihm die Natur erschien, angemessen. Aber auch für das struppige, eckige und zackige, neckische und schreckliche des Berg- und Waldwesens fand sich als Vertreter neben den Nymphen in ihrer Gesellschaft Pan, später auch die Mehrheit Pane und auch die Satyrn. Pan entsprossen scheint es in einer Gegend, wo jene Natur besonders ausgeprägt war, in Arkadien, aber dann in ganz Griechenland verstanden und aufgenommen, in Phantasie und Kultur."

Somit gelangt der weiland Königsberger Gelehrte selbst bei dem Pan zu einer Individualisierung, welche er dem Gegensatz derselben, den Nymphen versagt hatte.

Und nun suchen wir selbst den Ursprung der Nymphen zu ergründen. Was ihre ganz allgemeine Bezeichnung betrifft, so wissen wir, dass νύμφη nicht nur Braut heisst, sondern auch die Bienenbrut mit noch unausgebildeten Flügeln, wie auch die geflügelten (männlichen) Ameisen bezeichnet, aber auch die Rosenknospe, welche im Begriff ist, sich zu öffnen, wie den Trieb der Pflanze.

Wenn der junge Trieb jeder Pflanze und die sich öffnende Knospe der Rose Nymphe genannt werden, so ist die erste und dabei engste Beziehung einer aus dem Namen erwachsenen Gestaltung allein eben nach dem Namen bereits gegeben.

Aber es erschliesst das Wesen der Pflanze eine zweite Möglichkeit, aus ihrer Eigenschaft heraus zu einer Sondergestaltung nach Namen und Einbildungskraft zu gelangen. So wissen wir aus dem Geschlechtsleben der Pflanzen, dass dieselben in der Regel Griffel und Staubgefässe in derselben Blüte haben, also das männliche und weibliche Organ zur Befruchtung und Empfängniss, doch aber auch verwachsen, wie diejenigen Pflanzen aufweisen, welche Linné der 20. Classe einfügt, und sodann auch in der Weise gesondert, wie in Cl. 21, oder männliche und weibliche Blüten je auf einem gesonderten Baum gefunden werden, wie die Gewächse von Cl. 22 erweisen. In der Classe 23 von Linné treffen wir dann diejenigen Pflanzen an, welche zweigeschlechtliche, also zugleich männliche und weibliche Blüten, aber gesondert, tragen.

Hat Linné in Cl. 8—19 Zwitterblütler, die mann-weiblichen in Cl. 20, in Cl. 21 und 22 die Einhäusler, aber auf einer Pflanze, und Einhäusler, aber auf verschiedenen Pflanzen, in Cl. 23 die Vielehigen, so entspricht es in höherem Grade der Ausdrucksweise des Volkes, wenn wir von Mann und Weib in Cl. 1—19, sprechen, von Zwitter in Cl. 20.

Befruchtet sich keine Pflanze von selbst, also ohne fremde Beihülfe, sei es des Windes, des Wassers, der Insekten, so ist es nur natürlich, dass sich auf diese Art der Befruchtung der

Blick des Volkes bereits in früher Zeit gelenkt hat. So berichtet denn auch Herodot bereits: In Assyrien, zwischen dem Euphrat und dem Tigris wachsen nur Dattelpalmen und tragen Früchte, aus welchen man Speisen, Wein und honigsüssen Saft gewinnt. Die Leute hegen und pflegen ihre Palmen sehr gut und binden die Blütenrispen der männlichen Stämme an die fruchttragenden.

Von der Windbefruchtung erzählt uns Lenz folgendes: „Wie gross die Entfernung ist, in welcher die männliche Dattelpalme durch ihren Blütenstaub bei günstigem Winde die weibliche befruchten kann, hat sich recht deutlich gezeigt, als eine ganz einsame männliche Palme zu Brindisi und zugleich eine ebenso weibliche zu Otranto emporwuchs und letztere, als beide gross geworden, von jener jährlich befruchtet wurde, obgleich die Entfernung $7\frac{1}{2}$ deutsche Meilen betrug."

Bekanntlich hat Fontanus diese wunderbare Windbefruchtung in einem Gedicht verherrlicht.

Die Windbefruchtung ist denn auch in die Mythologie übergegangen, indem die Windgötter als Befruchter verherrlicht werden, und zwar sogar da, wo das nicht möglich ist, also bei Pferden und bei dem Windei des Huhnes.

Aber auch das Gesetz mag auf diese Windbefruchtung hinweisen, denn bereits die Tafel 7 der Zwölftafelgesetze hat das Verbot, dass Niemand die Frucht auf sein Feld herüberziehen darf, und unsere Samenzüchter wissen sich durch eine jährlich zu erneuernde Uebereinkunft davor zu schützen, dass nicht der Nachbar Samen neben einem Felde zieht, welches dadurch Schaden erleiden würde.

Somit ist es nur natürlich, dass die Eigenheiten der Blüten in Bezug auf die Zeugungsorgane jener Pflanzen, welche den Classen 20—23 angehören, besondere Beachtung gefunden haben werden, denn es zeigen eben die Gewächse dieser Classen die Zwitter im eigentlichen Sinne auf, die männliche Brut, Mädchen und Jungen, Mann und Weib.

Nun gehören aber nach meinem Auszug aus Leunis-Frank 95 Familien und Arten von Gewächsen zu Cl. 20—23, nach einer Aufstellung, welche ich Herrn Oertel verdanke, dem Custos unseres agronomischen Institutes, 24 verschiedene europäische Laubbäume und Laubsträuche wie Nadelhölzer zu Cl. 21—23.

Somit vermögen wir mit den 24 verschiedenen Arten von Gewächsen, wenn wir von meiner Aufstellung der 95 Familien und Arten ganz absehen, jeden Wald, jeden Hain in voller Schönheit und Manigfaltigkeit bestanden sein zu lassen und mit Wald- und Hain- wie Baumnymphen zu bevölkern, welche allein der Eigenheit des Triebes, der Knospe, des Blütenstandes ihre Geburt verdanken, während Wuchs und Erziehung, Freude und Leid ihres Wesens der sie umspielenden Einbildungskraft verdankt wird, mit welcher der Mensch sie umgiebt, um erst dann diesen zauberischen Geschöpfen von Natur und Phantasie die eigne Empfindung zu leihen, welche in seinem Herzen erwacht, wenn er die Wonne des sonnenumsäumten Haines zu geniessen sich anschickt, die Schauer des Waldes ihn durchzittern.

Waren in unserer Untersuchung die Namen Phegeia, Melische Nymphen, Dryaden besonders hervorgetreten, so habe ich nun darauf hinzuweisen, dass in voller Einstimmung zu meinen Darlegungen die Eiche der Classe der Einhäusler, die Esche den Vielehigen angehört, welche also gesondert männliche und gesondert weibliche Blüten trägt, aber doch auch Griffel und Staubfäden in einer Blüte.

Somit vermag der Esche nicht nur die weibliche Brut zu entspringen, das Mädchen, die Braut, die Nymphe, sondern auch die männliche Brut, der Junge, der Mann, und mit Rücksicht auf den Eschenschaft der erzbeschlagenen, männermordenden Lanze das kriegerische Geschlecht der erzbewehrten Männer, denen der Kampf die Würze des Lebens ist.

25. Der männliche und weibliche Baum.

Aber die Volksanschauung der Alten hatte nicht nötig, seine dem Wald, Hain und Baum entsprossenen Gestalten allein dem Geschlechtsleben derselben entstammen zu lassen, da sich auch andere Teile des Baumes mit dem Menschen oder dem Tiere entnommenen Ausdrücken belegt zeigen. So reden auch wir von den wilden Schösslingen des Baumes als Räubern und vermögen so unsere Baumräubermärchen zu spinnen. Nun berichtet aber Plinius nicht nur von den Häuten der Palmenkerne, sondern Xenophon auch von dem Palmenhirn, dem Gipfeltrieb des edlen Baumes in der babylonischen Tiefebene, wie uns von Kurt Sprengel von den Ausläufern und Sprösslingen der persischen Dattelpalme berichtet wird. Kennt das Altertum die Bezeichnung Syagros, Wildschwein, für eine Art von Dattelpalme, so lernen wir von Theophrast das Kalben der Dattelpalme kennen wenn man aus Zweigen Stecklinge macht (μοσχεύειν), während der Stamm als Mutter bezeichnet wird.

Bereits in meiner ausführlichen Abhandlung „das wilde, heilige und Gebrauchsfeuer" (Zeitschrift für Naturwissenschaft Bd. 66, 3 und 4, Heft Leipzig 1893) habe ich darauf hingewiesen, dass durch Nichtbeachtung der Anschauung, aus welcher heraus die alte Welt die Bezeichnung von männlich und weiblich den verschiedenen Pflanzen und Bäumen beilegt, in die Feuerzeugungsfrage die grössten Irrtümer hineingetragen sind. Denn allerdings, war der Unterschied, wie wir gesehen, von männlicher und weiblicher Palme den Alten sehr wohl bekannt, so wird diese Bezeichnung doch auch da verwandt, wo von einer Beziehung auf eine Art der Blüte ganz abgesehen ist. So sagt Pinius: „Bei den einzelnen Arten der Harzbäume bildet auch das Geschlecht Unterschiede. Der männliche Baum ist kleiner und härter, der weibliche höher, hat auch fettere, einfachere Nadeln. Das Holz der männlichen Bäume ist hart, zeigt sich bei der Bearbeitung gedreht, lässt die Axt nicht so leicht eindringen, spaltet mit lautrem Schall, lässt die Axt nicht so leicht wieder los." Von den Linden lesen wir ebenfalls bei Plinius: „Man unterscheidet bei den Linden (tilia) männliche und weibliche Bäume." Theophrast bemerkt: „Man unterscheidet nach den Blättern männliche und weibliche Tannen. Diese sind bei dem männlichen Baume spitziger, stechender, sparriger, sodass der ganze Baum struppiger erscheint. Es liegt übrigens auch ein Unterschied im Holze, denn das des weiblichen ist weisser, weicher, leichter zu bearbeiten, auch ist der ganze Stamm länger; das Holz des männlichen Baumes ist bunter, breiter, härter, kerniger und hat kein gutes Aussehen. In den Zapfen des männlichen Baumes sind in der Spitze wenige Kerne. In den Zapfen des weiblichen sind gar keine wie die Macedonier sagen."

Hierzu bemerkt Lenz: der männliche Baum ist jedenfalls die Rottanne, der weibliche die Weisstanne.

Von der Cypresse wird uns gesagt: Es giebt zwei Arten von Cypressen; die eine, welche man die weibliche nennt, wächst dicht und säulenförmig, die männliche verbreitet ihre Aeste seitwärts, wird beschnitten und dient auch als Stütze für Weinstöcke. Sodann bemerkt Plinius: Man unterscheidet von der Verbenaka zwei Arten: die eine, welche man für weiblich hält, hat viele Blätter, die männliche weniger (verbena officinalis). Dioscorides weiss von der Königskerze zu berichten: die Königskerze ($\eta\lambda\acute{o}\mu\iota o\varsigma$, verbascum) kommt in zwei Arten vor: die eine heisst die weisse und scheidet sich wieder in die männliche und weibliche.

Die weibliche hat Blätter wie Kohl ($\varkappa\varrho\acute{a}\mu\beta\eta$,) aber sie sind viel haariger, breiter und weiss; der Stamm ist ellenhoch oder grösser, weiss, ziemlich haarig. Die Blüten sind weiss oder blassgelb, der Samen ist schwarz, die Wurzel ist lang, schmeckt herbe, hat die Dicke eines Fingers. Die Pflanze wächst auf Ebenen.

Die männliche Art hat weisse, längliche, schmalere Blätter und einen dünnen Stamm. Die schwarze Art ist im Ganzen der weissen ähnlich, aber die Blätter sind breiter und dunkelfarbiger.

Von der Meerzwiebel lesen wir wiederum bei Plinius: Von den Sorten der Meerzwiebel, welche zu Arznei dienen, unterscheidet man die männliche mit hellen und die weibliche mit dunklen Blättern; es giebt auch eine dritte Sorte, die gut schmeckt, schmalere und minder rauhe Blätter hat.

Doch ich meine, es sind der Beweise genug geboten. Wir haben aber bereits aus dem Gebotenen die Gewissheit erlangt, dass nichts dem entgegensteht anzunehmen, dass Wald und Flur besetzt sind mit männlichen und weiblichen Bäumen und Pflanzen, welche als Mann und Weib, Mädchen und Bursche anzusprechen kein Bedenken hat, und damit sind wir auch hier zu der Möglichkeit gelangt Wald, Hain und Flur auf dieser unserer Erde zu bevölkern mit holden Nymphen und rauhen und struppigen Panen und Satyrn.

26. Die Esche Yggdrasill.

Von der Esche Yggdrasill finden wir in der Edda in zwei Liedern und einer Prosaschrift Mitteilungen und zwar in Völuspá, dem Grímmisinál und der Gylfaginning.

In der Völuspá wird von der Esche Yggdrasill als einem hohen Baume gesungen, den weisser Nebel netzt, von welchem der Tau kommt, der in die Thäler fällt. Der Baum wird immergrün genannt, und es wird von ihm gesagt, dass er über Urdhs-Brunnen steht. Sodann lesen wir in der Dichtung noch, dass zu Beginn des Weltkampfes die Esche zittert, aber doch steht, dass der alte Baum rauscht, da der Riese frei wird.

Somit hat die erste Dichtung, in welcher uns die Esche erscheint, das klare Bild eines immergrünen, am Wasser stehenden Baumes, welchen der Nebel netzt, wie das bei einem Baume am Wasser gar häufig erblickt wird, denn der weisse Nebel erhebt sich auf feuchtem Wiesengrunde, steigt an dem Wasser auf, um die Blätter des Baumes zu netzen. Ist nicht die Esche sondern die Espe ein Zitterbaum, also der Baum, dessen Blätter in ewiger Bewegung zu sein scheinen, von dem leisesten Lufthauch bewegt, so wird man doch auch das Zittern und Rauschen des Baumes vor dem Beginn des Weltkampfes auf den berührten Naturvorgang zurückführen, da auch das Eschenblatt als ein vom Winde leicht bewegtes bezeichnet werden muss.

In ganz anderer Beleuchtung erblicken wir die Esche in dem Lied Grímnismál. Wir lesen dort, dass Thor täglich zur Esche geht, dort Gericht zu halten, um unmittelbar darauf zu vernehmen, dass die Götter auf ihren Rossen, deren zehn angeführt werden, täglich dorthin reiten, wenn sie bei der Esche Yggdrasill Gericht halten wollen.

Und nun folgt eine eingehende Beschreibung der Esche: so wird von derselben gesagt, dass ihre drei Wurzeln sich nach drei Seiten erstrecken. Hel wohnt unter der einen Wurzel, unter der andern wohnen Hrimthursen, unter der dritten Menschen. Von den Unbilden, welche die Esche zu erleiden hat, wird gesagt, dass an derselben oben der Hirsch weidet, unten die Schlange Nidhhöggr nagt, dass die Seite des Baumes hohl wird.

Wie mir scheint, sind die diesen Worten vorausgehenden Mitteilungen, dass der Hirsche vier an den Ausschüssen, wie Simrock übersetzt, weiden, sowie von Schlangen eine grosse Anzahl von den Wurzeln der Zweige zehren, einfach Erweiterungen der ursprünglichen Dichtung, eines Interpolators wie wir bei der Scheidung der Bestandteile der homerischen Dichtungen zu sagen gewohnt sind.

Wir erfahren aber auch, dass auf der Esche ein Adler sitzt, und dass das Eichhorn Ratatöskr an der Esche auf und ab rennt, um die Worte des Adlers zur Schlange Nidhhöggr herniederzutragen.

Endlich nennt Grímnismál die Esche der Bäume ersten in der Bedeutung von vorzüglichstem, bestem.

Lässt man die Völuspá auf Island entstanden sein, so gilt Grímnismál für eine norwegische Dichtung. Scheiden wir in Grímnismál Stamm und Auswuchs, so ist in dem Liede die Esche als Gerichtsbaum geschildert, wozu dieser Baum immerhin nicht allzupassend gewählt scheint, weil das wasserliebende Gewächs sich wegen seines feuchten Standortes zunächst nicht eben zu diesem Gebrauch empfiehlt, dann als wurzelgewaltiger, was der Wirklichkeit entspricht. Es mag gleich hier erwähnt werden, dass nach Wilken's Bemerkungen zur Gylfaginning nicht von drei Wurzeln, sondern von drei Stämmen die Rede sein würde; aber abgesehen davon, dass dieser Germanist zwar sich auf Finn Magn. bezieht und in seinem Glossar die Bedeutungen Wurzel, das untere dicke Stammende, der Stamm hat, während Gering in seinem Glossar nur die Bedeutung Wurzel zu rot setzt, so ist die Vorstellung von einem Baum mit drei Stämmen naturunwahr und deshalb unhaltbar. Ueberdies sind die drei Wurzeln sehr wohl in voller Naturwahrheit sich ausstreckend zu denken, wenn wir die Dichtersprache zu verstehen uns bemühen. Denn wohnt Hel unter der einen, wohnen die Hrimthursen unter der anderen, unter der dritten die Menschen, so mag man an Wurzeln denken, von denen die eine über die Erde sich wölbend emporgestiegen, um dann den Nährboden mit den Ausläufern wieder zu suchen, während die andere in die Weite geht, die dritte aber in die Tiefe hinabsteigt.

Sitzt auf der Esche der Adler, rennt an derselben das Eichhörnchen auf und nieder, so werden wir in diesen Beigaben Anlehnung an die Natur suchen und erkennen, ebenso, wenn der Hirsch nach Simrock oben an der Esche weidet, oder wie es im Urtext heisst, von oben herab frisst (hiörtr bítr ofan,) während die vier Hirsche des offenbar späteren Zudichters mit krummem Halse die oberen Triebe oder Sprossen abnagen, (gnaga) also sicher mit emporgebogenem Halse.

Unklar ist das Benagen von Nidhhöggr und den Genossen von eben dieser Schlange, denn ormr, unser Wurm, ist denn doch wohl nur in dieser Bedeutung hier zu nehmen, aber ich denke, es hat sich das Schlangennagen hier in nicht scharfer Naturauffassung daraus gebildet, dass die Schlange, welche Feuchtigkeit und Wasser liebt, wie die Ringelnatter, auch unter dem Wurzelwerk des Baumes, der am Wasser steht, nistend gefunden wird. Es mag aber vorkommen, dass nicht nur heimische, sondern auch norwegische Dichter den Geschöpfen der Natur zu ihrem Zwecke milden Zwang anthun.

Denn allerdings will der Dichter der Grímnismál nicht nur die Esche abbilden, sondern sie auch leiden lassen. Deshalb auch fault die Esche an der Seite, wie der Urtext besagt (en á hlidu fúnar).

27. Der Prosa-Edda-Gehalt.

Ueber Wert und Unwert der Prosa - Edda findet man in allen hierhergehörigen Untersuchungen zu viel verhandelt, als dass es hier nötig wäre, darauf näher einzugehen, zumal diese Schriften eben auch zu keinem anderen Ergebniss zu gelangen vermögen, als dass nicht alles Gold glänzt, was wir dort finden, dieser und jener edle Stein aber doch nur des Schliffes bedarf, um seine Farbenwunder zu zeigen.

Singt die Völuspá einfach und schmucklos von der Esche als einem hohen Baum, taubenetzt, am Quell stehend, — denn ich zweifle nicht, dass wir hier auch dem altnordischem die Bedeutung des gotischem brunna Quell, angelsächsischem burna Bach zu geben haben — die Völuspá aber singt
        Stendr ae yfir groen
        Urdar brunni —
so ist der Baum der Wirklichkeit in dem Gemälde nicht zu verkennen, welcher Hinweis auf Mythen nur etwa zeigt, wo uns der Name der Norne Urdr anklingt, die Esche zum Beginn des Weltkampfes zittert und da der Riese frei wird rauscht.

Der Verfasser der Völuspá war Isländer: da es in Island keine Esche giebt, so muss er demnach Erinnerungen an diesen Baum am Wasser aus Norwegen mitgebracht, wenn nicht die Anschauung von dort geholt haben.

Hat der Dichter von Grímnismál, welchen wir von dem Anfüger und Nachdichter geschieden, norwegisches Heimatland, so ist nun begreiflich, dass derselbe die Esche als Baum der Wirklichkeit mit reicheren Zügen des Naturlebens umgiebt, denn er vermag jeden Tag die Esche zu sehen. Dann aber tritt bei ihm die Neigung zu Tage, Vorgänge in der Natur in das Wunderbare umzusetzen. Der Nachdichter malt dann in das Phantastische hinein, denn es ist nun einmal das Geschick des Nachschaffens, durch Uebertreibung gefallen zu wollen, zum mindesten Beachtung zu suchen, und sei es auf Kosten der Ueberlieferung wie der Wahrheit.

Auch die Gylfaginning weist die Berechtigung dieser Ansicht auf, wie sich uns alsobald ergeben wird.

So berichtet die Gylfaginning zwar noch, dass die Esche der Gerichtsbaum der Götter ist, aber dieser Mitteilung wird schon ein „sollen" hinzugefügt, was eben diese Angaben als unsicheren Bericht kennzeichnet.

Dann aber wendet sie sich zu einem Ausmalen in das Wildphantastische, wenn wir lesen: „diese Esche ist der grösste und beste von allen Bäumen; seine Zweige breiten sich über die ganze Welt und reichen hinauf über den Himmel." Die Wurzeln dehnen sich in das Ungemessene, das Wasser wird nach den drei Wurzeln zu einem dreifachen: jedes dieser drei Gewässer wird mit reichen mythologischen Beziehungen ausgestattet. Zu dem Adler gesellt sich ein Habicht, der zwischen den Augen des Adlers sitzt. Das Eichhörnchen trägt nicht mehr die Worte des Adlers zu der Schlange hinab, sondern Zankworte hin und her zwischen Adler und Schlange. Die vier Hirsche laufen an den Zweigen der Esche umher und beissen die Knospen ab, wie Simrok übersetzt, während der Urtext barr hat, also Spross, Laub — ein Wort, welches denn aber doch besonders von Laubholz gesagt wird. Der Schlangen werden soviel, dass es keine Zunge zählen mag.

28. Die Mannaesche und Mannacicade.

Die Versuche von Bugge und seinen Vor- und Nachfahren sind bekannt, die Edda in allen wesentlichen Beziehungen als Umbildungen griechisch-römischer und semitisch-christlicher Berichte, Dichtungen und Thatsachen zu erweisen. So wird denn auch der Urdarbrunnr zum Jordan, natürlich in der Weise, dass aus dem Strom Palästinas der Bach oder Quell des Nordens geworden, die Taube der Taufe zu den beiden Schwänen, von denen das Vogelgeschlecht dieses Namens kommt, wie die Gylfaginning berichtet.

Gegen solche Ansichten der Umbildner habe ich mich zu häufig in früheren Schriften gewandt, um hier auf das Neue die Unhaltbarkeit von Dingen und Ansichten zu beweisen, welche weder Sache, noch Wortableitung, noch Gedankenverbindung wahrscheinlich, geschweige denn sicher zu machen vermögen.

Und doch giebt es auch in dem Bericht der Gylfaginning Einzelheiten, welche beweisen, dass der oder besser die Verfasser derselben zum Teil erstaunlich genau gesehen haben und über Dinge zu berichten wussten, von denen wir in Völuspá und Grímnismál keine Andeutung finden. Und doch ist die Gylfaginning mit diesen beiden Dichtungen genau bekannt.

Lasen wir in Grímnismál, dass die Esche auf der Seite faul wird, so weiss uns die Gylfaginning anzugeben, dass die Nornen täglich Wasser aus dem Quell oder Bach nehmen, wie wir nun wohl Urdarbrunnr richtiger als Simrock übersetzen, und es zugleich mit dem Dünger, der um das Wasser liegt, auf die Esche sprengen, damit ihre Zweige nicht dorren oder faulen.

Diesen sinnlosen Vorgang verwandelt uns der Urtext sofort in einen sinnvollen, wenn wir aurr nicht, wie Simrock gethan, mit Dünger übersetzen, sondern mit „feuchte, sandige Erde, Feuchtigkeit" erklären, wie Wilken gethan, wie denn auch Gehring das Wort mit Nass, Wasser, feuchte Erde, Kot deutsch wiedergiebt. Es ist nicht nötig wie Wilken thut, darauf hinzuweisen, dass Erde dann und wann, z. B. bei Wespenstichen — wie noch jetzt — als Heilmittel betrachtet wurde, sondern ich habe daran zu erinnern, dass man krank gewordene Stellen des Baumes mit feuchter Lehmerde verschmiert, wie man von jedem Bauer erfahren, in jedem Bauerngarten sehen kann. Aber auch daran ist zu erinnern, dass die Gylfaginning hier offenbar nicht nach eben klarer Anschauung berichtet hat, wenn die Nornen die Esche damit versehen, damit ihre Zweige nicht dorren oder faulen, während ihm doch offenbar der Bericht in Grímnismál vorgeschwebt hat.

Ist uns bekannt, dass die Völuspá von der Esche singt
Den hohen Baum netzt weisser Nebel,
Davon kommt der Tau, der in die Thäler fällt,
so knüpft zwar auch die Gylfaginning an diesen Vers an, um dann zu sagen: „den Tau, der von ihr auf die Erde fällt, nennt man Honigtau; davon ernähren sich die Bienen."
Wir sehen auf den ersten Blick, dass der Verfasser dieser Stelle der Gylfaginning in den Vers der Völuspá etwas hineinzutragen sich bemüht, was demselben an sich fremd ist, ja ihm widerspricht.

Wie steht es nun aber mit dem Honigtau oder Honigfall, wie wir zu sagen pflegen?

Bekanntlich ist die Frage noch heute nicht mit voller Sicherheit gelöst, trotz Büsgen und seiner Freunde, ob der Honigtau allein das Ergebniss der Ausscheidung der Aphiden ist, der Blattläuse also, Ausschwitzung des Blattes bei glühender Hitze, oder von Aphiden wie Ausschwitzung herrührt. Bemerkt sei hier nur beiläufig, dass jeder grüne Teil jeder Pflanze Stärke (Amylum) enthält, welche durch Hitze in Stärke oder Traubenzucker umgewandelt werden kann. Vielleicht auch, dass die Volksanschauung seit dem frühesten Altertum mit diesen Zuckerausschwitzungen den Tau in Verbindung gesetzt hat, wenn sie allerdings zu weitgehend in ihrer Auffassung den Blatthonig aus der Höhe herniederfallen lässt: wohl aber mag sich der niederfallende Tau mit dem Stärkezucker auf dem Blatt zu jener Flüssigkeit verbinden, welche wir Honigtau nennen, wie auch der Honigfall, wenn er von Linde und Ahorn in besonders reicher Fülle herniederträufelt.

Vermochte ich mich nun selbst davon im Sommer 1893 zu überzeugen, dass auch die Esche Honigtau hat, so haben mir doch die Imker bestritten, dass nach dieser Süssigkeit die Bienen gehen. Dass der Honigtau von den Eigenschaften des Baumes annimmt, auf dessen Blättern er gefunden wird, habe ich mit einigen Herren am Honigtau des Kirschblattes feststellen können.

Machte mich die Bemerkung der Imker im höchsten Grade stutzig, dass die Bienen den Honigtau der Esche nicht berühren, weil dieses Blatt bittere Bestandteile enthält, so suchte ich nach den Erklärungen für die Angabe der Gylfaginning. Zu meinem Erstaunen fand ich keine, wohl aber auch bei Bugge die Uebersetzung „Bienen", wie bei allen andern mir zugänglichen Uebersetzern der Edda. Darnach griff ich zum Urtext. Es ergab sich zu meiner Verwunderung, dass derselbe gar nicht von Bienen redet, sondern von Bienenfliegen, Byflugur. Von der Untersuchung des Urtextes ging ich zu derjenigen der Haupthandschriften über. Da ergab sich denn, dass die drei ältesten der Gylfaginning auch hier keine Einstimmung haben, sondern nur Handschrift W und U, also Codex Wormianus und Uppsaliensis von Bienenfliegen berichten, Codex Regius aber von Blýflugur erzählt, also von Bleifliegen.

Ein Lehrer der Naturwissenschaft teilte mir mit, dass die Bienenfliegen Syrphiden seien, und auch aus dem Volksmunde vernahm ich hier in Halle die Bestätigung, dass man Bienenfliegen sehr wohl kenne. Da nun die Naturgeschichte lehrt, dass Syrphus pilastri die Blattläuse vertilgt, welche nach dem Honigtau gehen, wie einige Naturforscher behaupten, oder ihn hervorbringen, wie andere vermelden, so ist es nicht wahrscheinlich, dass die Gylfaginning gesagt haben wird, dass sich die Bienenfliegen von Honigtau nähren.

Was aber ist die Bleifliege? Die Herrn von der Naturwissenschaft, welche ich darum befragte, vermochten mir das nicht zu erklären: so hatte ich denn die Frage selbst zu lösen.

Zu dem Zweck habe ich denn darauf hinzuweisen, dass das Blei in der Vorzeit ein viel verwendetes Metall war. Da Island kein Blei hat, Norwegen sehr wenig, so hatten die Norweger und Isländer das Blei aus andern Ländern zu holen.

Das Hauptbleiland der alten Welt ist nun aber Spanien: die pyrenäische Halbinsel ist aber auch das Hauptland der Oelbaumgewächse, demnach auch vom Flieder, (Syringa vulgaris,) welchen wir bekanntlich den spanischen nennen, denn Deutschland besitzt denselben erst seit der Neuzeit, wie von der Esche (fraxinus excelsior). Auf dem Flieder findet sich nun sehr häufig ein Insekt, weches auch die Esche mit Vorliebe aufsucht, und zwar die spanische Fliege, (Lytta vesicatoria). Die spanische Fliege zehrt aber die Blätter des Baumes auf, geht demnach nicht nach dem Honigtau weder der Esche noch des spanischen Flieders. Somit kann die Lytta vesicatoria auch nicht als Bleifliege angesprochen werden.

Dagegen wird die Manna-Esche von der Manna-Cicade (Cicada orni) aufgesucht. Die Manna Cicade lebt im südlichen Europa, demnach auch in Spanien, dem Lande des Bleies, sie hat immerhin eine gewisse Aehnlichkeit mit der Bremse. Bereits in den nach Weise des Anakreon gedichteten Liedern findet sich ein solches, welches die Cicade besingt, die den geringen Tau schlürft. Wir kennen das Lied auch aus der Götheschen Uebersetzung:

> Selig bist du, liebe Kleine,
> Die du auf der Bäume Zweigen
> Von geringem Trank begeistert
> Singend wie ein König lebest.

Auch Virgil singt von der Cicade, welche den Tau der Blätter einsaugt, in Wirklichkeit die süsse Ausscheidung derselben, und von der singenden Cicade reden Theokrit wie Homer: wenn wir unseren Theokrit-Erklärern glauben können, so hält sich der Spanier noch jetzt die Cicade als Sängerin im Hause.

Nach diesen Ermittlungen glaube ich das Recht zu haben, die Bleifliege als die Manna-Cicade Spaniens bestimmen zu können. Demnach ergiebt sich, dass der Verfasser der betreffenden Stelle der Gylfaginning von der Esche der Völuspá und Grímnismál gelesen hat, wie uns die aus diesen Dichtungen von ihm angeführten Verse beweisen, ebenso aber auch von der Manna-Esche in Spanien von reisenden oder räubernden Seefahrern gehört und von dem Insekt, welches nach dem Manna derselben geht. Hat er die Berichte der Völuspá und Grímnismál in seiner Weise in das Ungeheure übertrieben, was um so leichter geschehen mochte, da er auf Island keine Esche zu sehen vermochte, und es sind die drei ältesten Handschriften der Gylfaginning isländischer Herkunft, so hat er uns doch auch wieder dadurch erfreut, dass er die Berichte von der Manna-Esche in Spanien einzuweben vermocht, um somit den Kreislauf zum Abschluss zu bringen, welcher von der Esche ausgeht, die auf Norwegens Boden wurzelt, über Island in das Mythische und in das überphantastische Gebiet führte, um über Spanien den Heimweg in die wogenumspülte, einsame Insel des Nordens zu suchen und zu finden.

Der Codex Regius erhebt sonach nicht nur den Anspruch darauf, dem Wormianus und Uppsaliensis an Ursprünglichkeit und damit Alter überlegen zu sein, was ja wohl bisher beiläufig nach dem äusseren Ansehen behauptet war, mit Bezug auf den Wormianus, sondern auch unsere Junggermanisten darauf aufmerksam zu machen, dass die „epochemachenden Entdeckungen" deren sie sich unausgesetzt zu rühmen pflegen, wenn von Einem der Ihren wieder einmal eine unbewiesene Behauptung sich in Druckerschwärze gekleidet hat, nicht auf dem Gebiete inhaltsleerer Düfteleien, sondern wägender Sachkenntiss zu gewinnen sind.

29. Gerichtsbaum und Bauernstein.

Von der Esche berichten uns Leunis-Frank, dass Fraxinus excelsior in ganz Europa und in Nordasien verbreitet ist, — aber wie wir wissen, nicht in Island gefunden wird, — an Fluss- und Bachufern vorkommt, in Gebirgswäldern bis 1366 m hinauf, noch in Sümpfen gedeiht, aber nicht auf Sandboden. Der Stamm von fraxinus excelsior erreicht eine Höhe von 25—38 m, wogegen die Manna- oder europäische Blütenesche (ornus europaea, fraxinus ornus) nur einen Stamm von 6—9 m Höhe hat. Es ist übrigens zu bemerken, dass auch fraxinus excelsior Manna liefert und zwar auf Sicilien und in Calabrien, wo sich besondere Eschenanpflanzungen finden, in den Monaten Juli bis Oktober, aber es ist nicht wahrscheinlich, dass die Bleifliege auf ein anderes Land als Spanien bezogen wird, und damit dürfte die Mannaesche in den Mitteilungen des Verfassers der Gylfaginning gesichert sein.

Hat uns das Vorkommen der Manna-Esche in der Prosa-Edda nicht zu befremden, so ist dies gleichfalls nicht der Fall mit der Esche, unter welcher die Götter sich zum Gericht zusammen finden. Freilich scheint die Esche als wasserliebender Baum sich zunächst dem Zweck fremd gegenüber zu stellen, und besonders wir Deutsche sind gewohnt, als Gerichtsbaum die Linde zur Geltung zu bringen. Aber ich muss auch hier sagen, dass die Forschung bei uns zu viel auf hergebrachte oder irgend einmal aufgestellte und nicht nachgeprüfte Aufstellungen giebt. So haben wir noch immer die Mittel, das Gerichtsverfahren unserer Altvorderen nach Gehalt und äusserer Ausstattung aus den Zeugen früherer Zeiten zu klären. Diese Klärung ermöglicht sich aber folgendermassen.

Seit Maurers ausserordentlich bedeutenden Arbeiten ist die Ansicht gesichert, dass in der Dorfgemeine der Urquell germanischen Rechtes zuerst gesprudelt hat. Die Dorfgemeine trat zur Beratung und zum Finden des Rechtes unter dem Baum zusammen, an einem Steine; oft beschattete der Baum den Stein. Diese Steine werden die Schulzensteine genannt, die Bauernsteine, die Angersteine, in wechselnder Bezeichnung: festgestellt habe ich ihr Vorhandensein von ostwärts Halle bis auf das Eichsfeld, und es ist nicht zu bezweifeln, dass diese Steine in allen unsern Museen aufgestellt sein würden, wenn nicht ein Germane, sondern etwa ein Römer oder Grieche an denselben getagt hätte. Da dies nicht der Fall war, so hat sie daher kein sogenannter Altertumsforscher besonders beachtet, dem Juristen sind sie unbekannt, da sie mit dem Codex Justinianus nicht in Beziehung stehen, — und weiter pflegt ja der Sehkreis unserer Rechtsgelehrten sich nicht zu erstrecken.

An dem Bauernstein pflegte das Gemeinegericht, die Gemeineversammlung stattzufinden, so dass der Schulze am Steine stand, aber auch auf denselben trat, wie mir Herr Meye aus Friedeburg bei Rothenburg am 3. März mitzuteilen die Güte hatte, welcher in seiner Jugend den Schulzen selbst auf dem Bauernstein bei der Gemeineversammlung hat stehen sehen. Es sei hier daran erinnert, dass man die griechische Königsbezeichnung, βασιλεύς also, sowohl als Herzog erklärt wie als Steinbetreter, und es bemerkt E. Curtius, dass lautlich beide Bedeutungen möglich sind. Ist das griechische βασιλεύς ursprünglich Steinbetreter, so hat sich die Königswürde aus derjenigen der Vorsteher im Gericht entwickelt, wie wir bei den Richtern des alten Testaments, den Suffeten der Karthager die Richterwürde als diejenige finden, welche die Könige der Arier als Macht üben.

Die Verbindung von Stein und Baum habe ich in Hornburg gefunden, zwei Bauernsteine auf Inseln im Dorfteich, von Pappeln umstanden in Fienstedt gesehen. Herr Feldmesser Ackermann hier in Halle, welcher auf meinen Wunsch der Bauernsteinforschung nachgegangen ist, teilt mir mit, dass im Süden von Brachwitz nach der Saale zu am Wasser der Gemeinebaum gestanden habe. Er hat in Brachwitz den Ausdruck festgestellt, dass man diesen Gemeinebaum mit dem Namen Weisbaum bezeichnete. Nach meiner Ansicht ist der Ausdruck von Weistum, wistuom, Urteil, Rechtsbelehrung nicht zu scheiden. Dass diese Ausdrücke im Volke vorhanden sind, werden wir somit nicht bezweifeln können, weitere Belege dafür hoffe ich später zu erbringen.

Der Weisbaum bei Brachwitz war eine Pappel, Pappeln umstehn die Bauernsteine bei Fienstedt, zu denen mich Herr Pastor Duft und Herr Gutsbesitzer Bedau führten. Die Pappel liebt das Wasser, wie die Esche, Wasser umgiebt die Inseln mit den Bauernsteinen in Fienstedt, befand sich bei dem Weisbaum bei Brachwitz. Somit darf nun auch der Gerichtsbaum in der Edda als wasserliebender Baum nicht mehr befremden.

Mir scheint, dass die Esche als Gerichtsbaum sich in einem weiteren Mythus der Edda erkennen lässt. So wird in Hávamál von einem windigen Baum gesungen, an welchem Odinn volle neun Nächte hing, mit dem Speer verwundet. Der Baum ist nicht näher bestimmt, es heisst von demselben nur, dass Niemand weiss, aus welches Baumes Wurzeln er sprosst.

Nun ist bekannt, dass dieser Baum mit der Esche Yggdrasill gleichgesetzt wird, worauf auch das Beiwort „windig" deuten soll, von dem Bugge erklärend sagt: „an dem Baum, der vom kalten Wind umsaust wird". Dieses Beiwort soll nun auch vor Allem auf den Baum als Galgen deuten, wie denn Bugge nun behauptet, dass Christus am Kreuz sich den Nordgermanen in den am windigen Baume hängenden Odinn verwandelt habe.

Sind die Buggeschen Ansichten zu oft von mir zurückgewiesen worden, als dass ich hier noch einmal darauf zurückzukommen hätte, so habe ich nun darauf hinzuweisen, „dass es nach mehreren sagenhistorischen Erzählungen Brauch bei den Nordleuten der Wikingerzeit war, dem Odinn Menschen zu opfern, indem man sie an den Galgen hängte und mit einem Speer durchbohrte. Das denkwürdigste Beispiel finden wir in der Sage von Starkadr und Víkarr, die am ausführlichsten in der Gautreks saga erklärt wird.

Wie weit unsere altdeutschen Gemeinerechte gegangen sind, bei denen das Recht am Bauernstein oder Weisbaum gefunden wurde, ergiebt sich daraus, dass Maurer erweist, wie bei Raub und Mord drei Gemeinen einen Gaugrafen als Vorsteher der Rechtsfindung in dem bestimmten Falle wählen, — und wie schnell die Urteilsvollziehung stattzufinden hatte, ist uns aus dem Sachsenspiegel bekannt. Ist mir in Niemberg berichtet worden, wie noch im vorigen Jahrhundert ein Mann an der Dorfgerichtsstätte vom Leben zum Tode gebracht wurde, so werden wir nicht bezweifeln, dass der Gerichtsbaum auch wohl als Executionsbaum gedient hat. Somit ist es wohl möglich, dass Odinn an einer Esche als Gerichtsbaum gehangen, nicht aber halte ich für erwiesen, dass diese Esche auch wieder die Esche Yggdrasill gewesen, obschon die Möglichkeit nicht ausgeschlossen ist.

30. Der Eschenmensch der Edda.

Mit der Esche Yggdrasill noch andere Mythen, als die behandelten zu verknüpfen, sind gar manche Versuche gemacht worden, aber wie nicht jeder Baum, welcher in der Edda erwähnt ist, dieser Esche gleichgesetzt werden kann, so ist das auch nicht der Fall mit der Esche als Triebholz.

So lesen wir in der Völuspá:

Gingen da drei aus dieser Versammlung,
Mächtige und milde Asen zumal,
Fanden am Ufer unmächtig
Ask und Embla und ohne Besinnung.

Darauf geben sie denselben Sinn, Blut und blühende Farbe, also Besinnung, Leben, Geist, Atem, was önd besagt.

In der Gylfaginnig lesen wir dann wieder in breiterer Ausführung: „Als Börs Söhne am Seestrande gingen, fanden sie zwei Bäume. Sie nahmen die Bäume und schufen Menschen daraus. Der Erste gab Geist und Leben, der andere Verstand und Bewegung, der dritte Antlitz, Sprache, Gehör und Gesicht. Sie gaben ihnen auch Kleider und Namen, den Mann nannten sie Ask und die Frau Embla, und von ihnen stammt das Menschengeschlecht, welchem Midgard zur Wohnung verliehen ward."

Es vermelden uns nun die Glossare, dass Askr altnordisch für Esche und den aus Eschenholz gefertigten Speer steht, während man Embla wohl auf Erle oder Ulme bezieht, aber nicht mit gesicherter Worterklärung.

Sind die beiden Bäume der Völuspá und Gylfaginning deutlich als Triftholzer gekennzeichnet, so sehe ich keine Möglichkeit, auch nur Askr mit der Esche Yggdrasill in nähere Beziehung zu setzen. Immerhin befremdet es doch aber auch, dass gerade solche Bäume, welche das Meer angeschwemmt hat, zur Umbildung in der Sage gewählt sind. Allerdings haben wir dann wieder daran zu denken, dass dem Sänger der Völuspá und Erzähler der Gylfaginning, wenn dieselben auch auf Island ihre Werke geschaffen, nicht jede Kenntniss von den Eigenschaften und Eigenheiten der Bäume der Wirklichkeit gefehlt haben wird. Ist das aber als sicher vorauszusetzen, so habe ich hier nur daran zu erinnern, was ich bereits bei der Behandlung der Nymphen auseinandergesetzt habe, wie unsere Landleute Bäume, Getreide, Blumen und Gräser in Bezug auf deren Geschlechtsleben zu ihrem Vorteil und anderer Nachteil zu setzen und säen wissen. Deshalb, mag das Aufgeben des Linnéschen Sexualsystemes auch manchen Vorteil im Gefolge haben, ist eben auch darauf hinzuweisen, dass bei der meist oberflächlichen Bildung mancher Naturwissenschaftler ohne geschichtliche Schulung und Kenntniss des vertrauten Umganges unserer Landleute mit Eigenheiten der Natur, ein überaus wichtiger Teil in der Pflanzenkunde sich dem allgemeineren Wissen, welches in unseren Lehrbüchern niedergelegt ist, jetzt zu entziehen pflegt. Die Kämpfe für und gegen das Sexualsystem und die Familie sind übrigens anschaulich von Goethe geschildert, nur hat auch er offenbar keine Ahnung davon, wie tief der Unterschied der Geschlechter nach den Blüten auch in dem Volk haftet. So weise ich hier darauf hin, dass nach den Mitteilungen des Herrn Dr. Fessler, unseres Rabbiners, männliche und weibliche Palme bei den Bräuchen der Israeliten verschiedene Verwendung finden. Auch darauf habe ich bereits die Aufmerksamkeit gelenkt, dass der Bursch dem verhassten Mädchen als Pfingstmaie die Betula alba mit Kätzchen setzt, also mit weiblichen Blüten, welche erst mit Ausbruch des Laubes an den neuen Laubtrieben erscheinen: Räuber ist der hoch aufschiessende, blütenlose Trieb des Fruchtbaumes, güste ist die Blüte, welche nicht begattet wird, wie die Kuh — und Frau, die nicht gebären, trotz Begattung.

Wie aber aus der Naturbeobachtung des Volkes sich nach seiner bildlichen Redeweise Sagen und mythologische Vorstellungen zu entwickeln vermögen, dafür führe ich die Worte an, welche ich in einem Gespräch über die Geschlechtsverhältnisse der Pflanzen von Herrn Kehmstedt, vom oberen Eichsfelde, hier in Halle vernahm, welcher mir als Eigentümlichkeit von Juniperus angab: „Der Wachholdermann steht in der Mitte, die Weiber um ihn herum." Das war gesagt mit

Bezug auf den gesonderten Stand der Blüten und ihr
Geschlecht; Juniperus aber gehört zu Cl. 22, Betula zu Cl. 21
wie Alnus Erle, Fraxinus excelsior zu Cl. 23.

Was aber der norddeutsche Mann aus dem Volke mir als
ganz allgemeine Redeweise der Leute seiner Heimat bezeichnete,
das mag sehr wohl Redewendungen entsprechen, wie sie der
Perser im Munde geführt, der Grieche, der Nordgermane. Beobachtung und Redeweise in das Gebiet der Sage einzuführen
ist das Werk des Dichters, des Sagenbildners, des Weitererzählers von Sage und Mär, und deshalb ist kein Grund, nicht
anzunehmen, dass die Verfasser von Völuspá und Gylfaginning
nicht aus eigener Kraft wie nach sagenhaften Erinnerungen
das Triebholz zu neuem Leben zu erwecken vermocht haben,
welche das Meer an die Küsten ihrer wogenumrauschten Insel
getragen.

31. Aus der Werkstatt der Wortableiter.

Grosses Gewicht auf die Wortableitung zu legen wird man
erst dann das Recht haben, wenn man die unzweifelhafte
Richtigkeit derselben erwiesen, in der Mythologie besonders
dann, wenn man das Bewusstsein der Urbedeutung des Stammes
in den Sagen und Mythen hindurch schimmern sieht: keinen
Zweck hat die Etymologie, wo sie wesenloser Düftelei dient,
in welcher unsere Jungindogermanisten zu schwelgen pflegen,
so wenn nach Bezzenberger der hinkende Feuer- und Schmiedegott Hephaistos zu einem Geist wird, und [was dergleichen
nutzlose Spielereien mehr sind. Aber auch unsere Germanisten
erfreuen nicht durch die Einstimmung der Worterklärung von
der Esche Yggdrasill. So sagt uns Jacob Grimm, es besage
Yggdrasil, wie er schreibt, Yggdrasils askr, wie wir besonders
in Grímnismál lesen, das Schauerpferd, den Sturmrenner, des
rauschenden Gottes Esche, da Yggr Schauer bedeute, wie er
in der Vorrede zu seiner Mythologie sagt, während wir S. 120
dieses Werkes lesen: „So drückt alt altnordisch Yggr bald
Odinn aus, bald yggr terror. In den Nachträgen zur Mythologie
lesen wir denn noch, dass yggdrasill, wie Grimm nun schreibt, vielleicht den rauschenden Gott selbst bedeutet „wie denn Odinn auch
den Beinamen Yggr führt und immer als Reiter in der Luft,
als reitender Jäger gedacht wird."

Dass Odinn, unser Wodan, der reitende Jäger nicht ist, habe ich wiederholt erwiesen und vorurteilslose Denker haben sich meinen Ansichten angeschlossen, dass Wodan als der Schimmelreiter unserer Volksfeste eine erträumte mythologische Gestaltung ist, vermag Niemand zu leugnen, welcher eine Ahnung davon hat, dass die Schnurrumzüge, in welchen dieser erträumte Wodan auftritt, aus den Verhältnissen des Gesellschaftslebens entsprossen sind: dass Odinus bei Saxo Grammatus zwar kein weisses Ross, wohl aber ein hohes, stolzes reitet, in der Edda aber nicht einen Schimmel, sondern ein wolfsgraues, also einen Fuchs mit grauschwarzen Haarspitzen, weiss jeder, der Wahrheit und Täuschung zu unterscheiden weiss, nachdem ich letztere aufgedeckt: dass Odinn stets reitet, ist eine falsche Behauptung von Grimm, wie von ihm unklar gedacht ist, wenn er Neigung hat, Yggdrasill als den Gott selbst zu erklären.

Bei Kauffmann lesen wir in dessen Deutscher Mythologie, welche aber unter falschem Titel eine kleine nordische bietet: „Ueber die ganze Welt breiten sich die Aeste der ewigen grünen Eiche, des grössten aller Bäume, an dem einst Odinn als Opfer gehangen. Daher führt der Baum den Namen Yggdrasell (d. i. Galgen des Yggr d. i. Odin.)" Zum Beweise der Richtigkeit seiner Behauptung bezieht sich Kauffmann auf Seite 36 seines Werkchens, wo wir lesen: „Kurz nach der Geburt war Odin ausgesetzt, durch einen Speerstich verwundet, und als Opfer am Galgenbaum aufgehängt worden."

Dass Kauffmann alle und jede Quelle für gleichwertig, auch einen und denselben Mythus überall von Sängern und Prosaschreibern für gleich scharf behandelt hält, haben wir aus den Ausführungen ersehen, und dass eine solche Anschauung unklar und Verwirrung stiftend ist, erwiesen.

Demnach beachten wir von Kauffmann nur, dass Yggdrasell, wie derselbe schreibt, Galgenbaum bedeutet, Galgen des Yggr d. i. Odinn.

Zunächst habe ich nun darauf hinzuweisen, dass unser junger Germanist nicht weiss, was Galgenbaum und Galgenholz in der Sprache heisst, welche er lehrt, denn es bedeuten diese Worte nicht Galgen, Holz vom oder zum Galgen, sondern Bäume, welche besonders zweigreich sind. Soll drasell nach den Worten von Kauffmann Galgen bedeuten, so ist zu sagen, dass er für diese Behauptung einen Beweis nicht erbracht hat, wohl aber E. H. Meyer, vor allen Bugge, von ihm nicht recht verstanden sind, aus deren Aufstellungen er seinen Galgen gezimmert hat.

Es sagt uns aber E. H. Meyer in seiner Schrift Völuspá: „Yggdrasell ist demnach der Name der Esche selber, nicht Odins, und heisst der Hengst, poet. drasill. drösull Yggs d. i. Odins mit hochskaldischem Namen, weil Odin als Windgott Wolken oder auch Bäume reitet."

Selbstverständlich findet das Reiten von Wolken und Bäumen nur in der Einbildungskraft von E. H. Meyer statt, aber Schreckhengst für Baum zu sagen, ist denn doch wohl nur einem vergleichenden mythologisierenden Germanisten erlaubt, während wir anderen Sterblichen uns erschreckt von solcher Sprache und Anschauung abwenden.

Sehr ausführlich hat sich Bugge mit der Behauptung beschäftigt, dass Christus am Kreuz von den Nordmännern in den am Baum hängenden Odin gewandelt sei, und zwar ist das Bindeglied der Vorstellung der reitende Christus.

Müssen wir uns von den seltsamen Arianern unserer Zeit, den Vermittlungstheologen, alle möglichen und unmöglichen Kunststückchen in der Art ihrer Auslegung vormachen lassen, so schrecken wir auch nicht davor zurück, uns an der wunderlichen Beweisführung von Bugge zu ergötzen.

Es behauptet nun aber Sophus Bugge nach York Powell, dass Wodans Ross der Galgen sei, welcher wie ein Kleiderross gestaltet war, und auf dem die Opfer Wodans zu reiten hatten.

Nun ist es richtig, dass man zur Strafe den Ritt auf einem Holzbock kannte, also einem Gerüst aus drei Hölzern, wie wir solches vor der Schmiede sehen, zum Anbinden des zu beschlagenden Pferdes, oder auf dem Hofe, damit Zeug und Teppiche darauf gelegt werden, welche man dort ausklopft.

So hat sich York Powells Wodensross zwar nicht als Galgen erwiesen, wohl aber in einen einfachen Holzbock verwandelt, wie man dieses Gerät zum Reinigen der Kleider noch heute jeden Tag sehen kann. Immerhin thun aber unsere Germanisten gut, auf die kleinen Unterschiede etwas mehr Acht zu geben, als bisher geschehen, welche zwischen einem Stück Holz, wood, adj. wooden, und dem Kriegsgott der Germanen, Wodan also, allenfalls vorhanden sein könnte.

Nun behauptet aber Bugge weiter, und diesmal auf eigenen Pfaden wandelnd, dass in einem Gedichte des spätern Mittelalters das Kreuz als Christi Pferd behandelt werde, denn es heisse in dem englischen Gedicht aus dem 14. Jahrh. Disputatio inter Mariam et crucem, von Christus: On stokky stede He roode „auf hölzernem Pferde er ritt."

Der scheinbar zwingende Beweis, dass Kreuz und Pferd gleich gesetzt seien, verdampft uns sofort in ein Nichts, wenn wir das ganze altenglische Gedicht lesen. Es wird aber in demselben an der betreffenden Stelle Christi Verspottung und Marter, die Kreuzigung und sein Tod besungen, genau entsprechend unserem Glaubensbekenntniss, wo wir sagen: „gelitten unter Pontio Pilato, gekreuzigt und gestorben."

Dieses Martern und Leiden findet aber nicht am Kreuze statt, sondern auf einem Holzbock, dem equuleus der Römer, der Martyrer, welche nach diesem Ritt auf dem zugespitzten Holzklotz oft noch längeren Lebens sich erfreuen, wenn damit die Strafe beendet ist, dem Maultier der Spanier, dem Esel der Soldaten, welche zu dem Ritt darauf zum Teil noch in diesem Jahrhundert verdammt wurden, um dann ihre Flinte ruhig wieder auf den Feind zu richten, sobald es die Gelegenheit gebot.

Ist somit die Anführung von Bugge in gänzlich anderem Sinne zu nehmen, als der norwegische Germanist uns einreden will, so ist der Hinweis auf das im Altertum im Süden gebrauchte Kreuz noch verfehlter, in dessen Mitte angeblich ein Pflock getrieben wurde, auf welches man den gebundenen Verbrecher hob, so dass er rittlings über dem Pflocke sass, also gleichsam auf ihm ritt.

Die Gewährsmänner für diese Behauptung sind ihm Justinus martyr und Fulda — und da Fulda eben auch Justinus anführt, eben dieser und nur dieser allein.

Auch hier hat wieder Sophus Bugge gar nicht verstanden, was er gelesen hat, denn Justinus Martyr sagt an der betreffenden Stelle, dass man mitten auf dem Kreuz einen Steg anbrachte, auf welchen die zu Kreuzigenden traten, also standen.

Und so sieht man denn auch Christus auf dem Steg oder Brettchen oder dem kleinen Block am Kreuze stehen, und zwar auf den ältesten Kreuzdarstellungen mit beiden Füssen, welche erst die spätere Zeit übereinander legt, denn allerdings scheinen nicht die drei oder vier Nägel die Halter am Kreuz allein gewesen zu sein, sondern ich glaube erwiesen zu haben, dass auch der Gürtel diesem Zweck zu dienen hatte, vor Allem, dass die Möglichkeit gegeben war, auf den Füssen zu stehen.

Somit ist auch dieser Versuch von Bugge als gänzlich gescheitert zu betrachten, Christus am Kreuze reiten zu lassen, in Reiten das Hängen verwandeln zu wollen, und zwar Christi am Kreuze in dasjenige Odins am windigen, also Wind durchrauschten Baume.

So bleibt denn jetzt übrig, darauf hinzuweisen, dass Bugge sagt: „Der Pferdename bedeutet vielleicht Verscheucher (ein Hengst, der andere Hengste verscheucht) und scheint von Thrasa abgeleitet. Dieses Verbum bezeichnet Lok. 58 „drohend auftreten, um einen anderen zu verjagen." Es ist, worauf Docent K. F. Johansson mich aufmerksam machte, dasselbe Verbum wie lat. torrere." Die entsprechenden Worte des lateinischen Stammwortes bedeuten aber in Zend, Sanskrit, Griechisch „zittern," sodass wir immerhin, wenn die Sprachvergleichung auf die Urbedeutungen zurückzugehen das volle Recht hat, zu dem Zittern, Erschauern machenden Grundbegriff zurückgehen könnten.

Demnach steht nichts dem entgegen, wenn wir einmal den Hengst als Schreckenbringer bezeichnet sein lassen, obgleich ich an dieser Rossbezeichnung zweifle, dann aber auch die Esche als die Bringerin von Schauern und Zittern anzuerkennen, denn es entstammt der Schaft der männermordenden Lanze der Esche, wie die Esche erschauert vor dem letzten Kampf, und Schauer und Schrecken, Zittern und Zagen flösste dieses Zeichen dem ein, welcher davon vernahm aus dem Munde des Sängers der Völuspá. Mit Odinn hat die Esche Yggdrasill nichts zu schaffen, ausser vielleicht als Weisbaum.

32. Deutungen.

Wie die Wortableitungen nicht die Geheimnisse der Sagen und Mythen erschliessen, so haben die Deutungen derselben nur dann Wert, wenn sie aus der Fülle der Grundvorstellungen und Verhältnisse geschöpft sind, welche Sage und Mythe umspielen, aus denen sie gewachsen sind. Da diese Vorbedingungen nicht beobachtet zu werden pflegen, so haben wir uns nicht zu wundern, dass auch die Yggdrasill-Deutungen reine Befriedigung nicht gewähren. Aber wir sind verpflichtet, uns mit denselben bekannt zu machen, um sowohl den guten Willen, als auch die verschiedentlich nichtssagende Leichtfertigkeit der Herrn Mythendeuter und ihres Gefolges in diesem Falle kennen zu lernen.

So sagt Wilhelm Müller in der Geschichte und dem System der altdeutschen Religion, dass das Weltgebäude unter dem Bilde eines in den Himmel ragenden Baumes, der Esche Yggdrasill gedacht werde, um dann weiter zu sagen: „Dass unter diesem Baume die Welt verstanden wird, ist wohl hinlänglich klar, obgleich die weitere Ausführung dieses Symbols, welches die organische Ordnung der Welt andeutet, im einzelnen nicht ganz deutlich ist" — und ich denke im Ganzen erst recht nicht.

Wolfgang Menzel bietet uns folgende Deutung: „Wie Ymir der Makrokosmus im Raum, so ist es die Esche Yggdrasill in der Zeit. Man muss sie als den Stammbaum der durch die Weltgeschichte fortwachsenden Menschheit denken." — was den Nordgermanen der alten Zeit immerhin wenigstens eine Ueberlegung und Fähigkeit für die erstaunlichste Gestaltung in der Symbolik zuschreibt, gegen welche das Vermögen, Naturerzeugnisse mit dem Zauber der Dichtung und Mythe zu umgeben, nicht aufzukommen vermag, freilich mit dem auch das Denken nichts anzufangen weiss, welches sich mit der Esche Yggdrasill zu beschäftigen wünscht, so wie sie die Völuspá und Grimnismál besungen und die Prosaisten der Gylfaginning in das Gewaltige haben aufwachsen, um dieselbe dann schliesslich in der Mannaesche Spaniens ihr Gegenbild finden zu lassen.

Hat auch Simrock die Deutung, dass das ganze Weltgebäude unter dem Bilde der Esche vorgestellt werde, so sollte ihm doch allein schon eine Worterklärung: „Yggr (Schauer) ein Beiname Odins, drasil Träger, wie das Wort sonst auch bei Pferden vorkommt," an seiner Deutung irre machen, denn ein Schauerträger oder ein Odinsträger ist denn doch das Weltgebäude nicht, auch nicht da, wo dasselbe in dem unpassendsten aller Bilder erscheinen würde, in dem Baume am

Wasser, vom welchem der Krieger den Lanzenschaft bricht, die Cicade das Manna holt.

Von Mannhardt werden wir berichtet, dass die Esche Yggdrasill ein „kosmologisches Philosophem ist in Gestalt einer lebendigen, mythologischen Vorstellung."
Das soll doch offenbar heissen, dass sich die Nordmänner eine Schöpfungslehre von der Welt geschaffen und dieser die Gestalt eines Baumes gegeben haben, und da nun diese Schöpfungslehre zugleich als Philosophem angesprochen ist, so würde das Wesen der Dinge, es würden die Gesetze und der Zusammenhang alles Wirklichen sich erschliessen aus der Schöpfung und Schilderung der Esche Yggdrasill in Völuspá, Grímnismál und Gylfaginning, was denn doch schliesslich, nachdem was wir von dieser Esche gelesen, nicht eine Erklärung, sondern eine völlige Unkenntlichmachung des Baumes ist, zu welcher That der arme Mannhardt durch das nicht verdaute Studium der Griechen, der überscharfsinnigen Symboldeuter, wie der leichtfertigen vergleichenden Mythologen gekommen sein mag, deren Behauptungen in neue Worte zu kleiden seine Aufgabe war, denn eigene Gedanken zu entwickeln war ihm nicht vergönnt, ausser wo er damit Irrwege anzuzeigen sich anschickte.

Von Sophus Bugge erfahren wir, wenn uns das nicht bereits aus Jacob Grimm bekannt wäre, es sei die von ihm verfochtene Ansicht, dass der nordische Mythus von Odins Hängen und von der Yggdrasillesche teilweise aus den Mitteilungen von Christen über Christi Hängen, über Christi Galgen und Lebensbaum stamme, nicht neu.

Aber es hat ihm die Yggdrasillesche auch wieder Einfluss auf die Entstehung und Fortpflanzung des Menschengeschlechtes in Einstimmung zu echten germanischen Vorstellungen, wonach neugeborene Kinder von oder aus den Bäumen kommen.

Endlich ist ihm die Esche ein Symbol der ganzen Welt, doch so, dass man dabei „das Verhältniss der Menschen zur Weltentwickelung, die moralischen Gesetze, welche diese bestimmen, besonders hervorheben wollte."

Das wäre die Esche als Kreuz Christi, als Kindererzeugerin, als Symbol von Welt und Moral.

Habe ich die Esche als Kindererzeugerin nicht weiter zu behandeln, da die natürlichen Eigenheiten ihrer Blüten von mir dargelegt sind, ist dieselbe als Symbol der Weltentwicklung und der moralischen Gesetze mit nichts zu erweisen, wie denn Bugge in dieser Behauptung eben nur Gedanken weiterspinnt oder in andere Form giesst, welche wir längst kennen gelernt hatten und zurückgewiesen haben, so sind noch einige Worte zu sagen über die Gleichsetzung von der Esche Yggdrasill und dem Kreuz, an welches Christus geschlagen wurde. Es ist bekannt, dass die Kreuzgedichte des Mittelalters aufgebaut sind aus Gedanken und Bildern voll tiefsinniger Allegorie, Mystik und Symbolik, und es überrascht demnach nicht, weil von Christus das Wort des ewigen Lebens ausgesprochen, nun auch das Kreuz als Träger Christi selbst in dichterischer Verklärung als Träger der Worte des Lebens verherrlicht zu sehen, und wird nun das Holz dem Baum entnommen, so ist es eben nur ein Schritt weiter in dieser Ausdrucksweise, zu dem Lebensbaum selbst zu gelangen, das Kreuz als solches zu feiern und mit weiteren Zuthaten zu umgeben. Aber dass kein Sänger eines geistlichen Liedes je daran gedacht, das Kreuz in einen Baum der Wirklichkeit zu verwandeln und denselben als solchen in der Vorstellung zu hegen, ergiebt eine jede von diesen Dichtungen, wenn man sie nach dem Gesamtinhalte prüft und nicht mit einer aus dem Zusammenhang gerissenen Stelle arbeitet, da man sonst gezwungen ist, aus dem Kreuz auch die Altäre hervorgegangen sein zu lassen, Heilsäfte, Thore, Licht, Spiegel und anderes, denn wir finden in den Kreuzgedichten symbolische Ausdrücke und Bilder verwendet wie ara, medicina christiana, porta Paradisi, verum lumen, speculum virtutis und was dergleichen allegorisch-symbolisch-mystische Vorstellungen und Bilder mehr sind.

Und damit verlassen wir den norwegischen Gelehrten und sein Gemisch von fleissigen Zusammentragungen, überkühnen Wortableitungen, aus dem Zusammenhang gerissenen und falsch erklärten Ausführungen ungesunder Anschauungen, um uns zu den physiologischen Deutungen der Esche Yggdrasill, in Völuspá Grímmisál und Gylfaginning gefeiert, zu wenden.

Von Adalb. Kuhn erfahren wir, dass der Mythus von der Weltesche Yggdrasill seinen Ursprung derjenigen Wolkenbildung verdankt, welche der Norddeutsche noch heute einen Wetterbaum nennt. Werden wir uns mit dieser Wolkenbildung alsobald beschäftigen, so habe ich hier nur zu sagen, dass Adalb. Kuhn jede Spur eines Beweises dafür schuldig geblieben ist, dass je ein Nordgermane in Norwegen und auf Island die Wolkenbildung, welche der Berliner Anthropologen-Mythologe im Sinne hat, mit einem Baume zu vergleichen die Gewohnheit gehabt, und derselbe einen Wetterbaum gekannt, und war dies der Fall, so vermochte ihm dieser doch nicht das Urbild einer Esche zu sein, denn wir werden sehen, dass dieses Wolkengebilde der Esche nicht verglichen werden kann.

Von dem Mythendeuter Kuhn ist W. Schwartz, der Mythendeuter in des Wortes verwegenster Bedeutung, nicht zu scheiden, in seiner Art des Denkens.

Dass derselbe in dem Ursprung der Mythologie die Esche Yggdrasill einen Himmelsbaum nennt, also die Wolkenbildung, welche wir von Kuhn als Wetterbaum der Norddeutschen kennen gelernt, haben wir bereits gesehen, um dann zu unserm Erstaunen in den späteren Schriften von Schwartz zu lesen, dass der Mythus von der Yggdrasillesche seinen Ursprung in der Vorstellung von der Sonne als einem Baum hat. Alsobald ersehen wir sodann, dass der Urdhborn, — nach meiner Ansicht also die Quelle, der Bach, — eine himmlische Regenquelle wird, während die Schwäne, welche darauf schwimmen, die Gylfaginning sagt nur, dass sie sich darauf nähren, zu fliegenden Wolken werden, wie auch die Nornen Wolkenjungfrauen sind, der Adler auf der Esche aber die Gewitterwolke ist; die Schlangen unter dem Baum sind die gezackten Blitze, welche gezackten Blitze aber auch die Hirsche sind: Odinn endlich ist das Bild für die hängenden Wolken.

Dass Odinn mit einem Baum in Verbindung gebracht ist, haben wir gesehen, nicht aber, dass dieser Baum die Esche Yggdrasill war. Zu einer niederhängenden Wolke den Windgott unserer vergleichenden Mythologen zu machen ist ebenso unmöglich wie den Kriegsgott Wodan der Germanen, von dem uns die Geschichtsschreiber der deutschen Vorzeit berichten. Dass ein Blitz zugleich Schlange und Hirsch ist, beweist mit einer wie unklaren und verwirrten Einbildungskraft Schwartz begabt ist, und dass sich Blitzwolken, fliegende, herabhängende und Regenwolken um die Sonne als Baum der himmlischen Landschaft zugleich gruppenbildend versammeln, ist eine so unmögliche Naturanschauung, dass wir uns erstaunt fragen, wie es denn geschehen konnte, dass ein solcher Herr ohne jede Naturanschauung und Kenntniss der Elemente der Meteorologie der Hauptstern der Berliner Anthropologen-Mythologie zu werden vermochte.

Wird H. Pfannenschmidt von unseren Junggermanisten in erstaunlich anerkennenswerter Weise verherrlicht, vermutlich weil seine Lobredner es für bequemer halten, die Bräuche unserer Landleute erklärt und dargestellt, aus einem Buche kennen zu lernen, in welchem alles für ihren Bedarf zurecht gemacht vorgesetzt ist, als in die Anschauung und Uebung des Volkes selbst einzudringen, so haben wir doch eben um dieser Verherrlichung willen Einblick in die Anschauungen von H. Pfannenschmidt zu nehmen, um die Berechtigung dazu zu prüfen.

Es behauptet aber derselbe, dass der Yggdrasillmythus aus verschiedenartigen Elementen besteht, ein Satz, welcher laute Bewunderung gefunden, offenbar deshalb, weil er eine Behauptung ausspricht, welcher jeder Mythenforscher eigentlich bei fast jedem Mythus zu machen im Stande gewesen wäre, wenn er nicht für denselben Blitz oder Wolke oder Wind einzusetzen die falsche Gewohnheit hat.

Sodann wird uns gesagt, dass der Mythus vom Sonnenapfelbaum zwar die mythische Formel für die lebengebende Sonne ist, der Yggdrasillmythus aber seine Grundlage in der Vorstellung vom Wolkenhimmel als einem Baum hat, woher er denn die mystische Formel für das belebende Wasser ist.

Nach E. H. Meyer, dessen Worterklärung uns bereits bekannt ist, wäre in der Esche Yggdrasill ein indogermanisches Mythenbild zu erkennen, welches ein immer feuchtes Wolkengebilde bezeichnet.

Dass ein immer feuchtes Wolkengebilde einem Baum gleichgesetzt werden kann oder konnte, ist natürlich leere Behauptung; wir werden die Beschaffenheit der in Frage kommenden Wolken übrigens sofort näher kennen lernen, und von diesem massgebenden Gesichtspunkte aus schöpfen wir keinen Trank weiter aus dem belebenden Wasser, welches zur mythischen Formel von H. Pfannenschmidt verbraucht ist, denn ein vergleichender Mythologe dichtet den Dingen Eigenschaften an, welche die Natur nicht kennt, dem Wesen derselben fremd sind, wie ja auch die Regenwolke wohl Wasser zur Erde zu senden, aber nicht einen Wolkenbaum zu bilden vermag.

Mit der Sonne als mythischem Apfelbaum haben wir uns nicht mehr zu beschäftigen, da bereits dargelegt ist, dass der Heraklesmythus erst spät mit den Hesperidenäpfeln Verknüpfung fand, dass demnach siderischer oder in diesem Falle Sonneneinfluss auf diesen Mythus nicht eingewirkt hat.

Und nun nehmen wir Abschied von den Herrn Mythendeutern, nachdem wir zu dem Ergebniss gelangt sind, dass wenn in einer Leistung des Geistes Unklarheit und Wirrniss vorhanden ist, man dies von der Mythendeutung zu sagen hat, und es wird diese auch schwerlich eher zu einem beachtenswerten Teil der Mythenwissenschaft werden, bevor nicht die Geschichte der Mythendeutungen geschrieben und Klärung in die Lehrsätze und Anschauungen der Mythendeuter gekommen. Bis dies geschehen lohnt es nicht, dem Spiel derselben besondere Aufmerksamkeit zu widmen.

33. Die Wetterkunde des Volkes.

Und nun sehen wir uns die himmlische Landschaft näher an und die Bäume, welche auf derselben sprossen, nach der Versicherung unserer vergleichenden und Anthropo-Mythologen.

Zu meinem Bedauern habe ich nun zu sagen, dass die Meteorologie ebenso wenig eine Himmels-Landschaft als Wolkengebilde kennt, wie die Wetterkunde des Volkes sich damit beschäftigt, noch sonst ein Sterblicher eine Ahnung von derselben hat. Von den Bäumen besitzt die Meteorologie deren einen, den Windbaum, und gerade von diesem weiss die Mythologie keinen Gebrauch zu machen, die Wetterkunde des Volkes beschäftigt sich dagegen auch mit anderen Wolkengebilden, welchen sie die Bezeichnung von Baum gegeben, und mit diesen Volksbenennungen und der Beschaffenheit der Wolkengebilde sowie der Wolken, aus welchen sie bestehen, haben wir uns nun zu beschäftigen.

Zuerst muss ich nun darauf hinweisen, dass von den Anthropo-Mythologen in bekannter Unkenntniss des zu behandelnden Stoffes Behauptungen aufgestellt sind, welche unter allen Umständen zu dem Schluss zwingen, dass sie das Volk, welchem sie diese oder jene Bezeichnung verdanken, nicht verstanden, dessen Aussagen falsch wiedergegeben, ihm eigene wirre Ansichten untergeschoben haben.

Sodann ist nicht zu verschweigen, dass die Meteorologie sich nicht ernsthaft um die Wetterkunde des Volkes gekümmert hat, denn das reiche und zum Teil sehr wertvolle Material, welches dieselbe besitzt, war von ihr weder beachtet, noch erschlossen. So blieb mir denn nichts übrig, als die Meteorologie in vollem Umfang zu studieren und aus dem Volke zusammenzutragen, was ich an Stoff zu finden vermochte: die Ergebnisse meiner Arbeiten liegen in einem längeren Aufsatz vor, welcher in der Zeitschrift „das Wetter" erschienen ist, und zwar in den Nummern derselben vom December 1893, Januar bis Mai 1894 (Herausgeber der Zeitschrift ist bekanntlich Herr Prof. Dr. Assmann vom Königl. Meteorologischen Institut in Berlin, Verlag Salle (Braunschweig.)

Habe ich auf diesen Aufsatz: „Zur Wolkenkunde in Mythologie, Volksanschauung und Meteorologie" im allgemeinen hinzuweisen und auf die dort gegebenen Lösungen aller in Betracht kommenden Einzelfragen, so kann ich es doch nicht umgehen, auch an dieser Stelle davon so viel zu bieten, als die „Himmelslandschaft" und die Bäume in derselben, von denen unsere Mythologen träumen, zu verlangen das Recht haben, — denn gesehen ist dieselbe nicht, ist kein Baum von einem dieser Herren.

Was nun die Gewährsmänner betrifft, denen ich Aufschlüsse mancherlei Art verdanke, so seien die Herren Pastoren König Nietleben, Moser Dietersdorf und Reichhardt in Haferungen bei Nordhausen genannt, welcher mir verschiedene Beobachtungen gesundt und eine erhebliche Anzahl von Zeichnungen dieser Bäume nach der Natur aufgenommen, also nach dem Anblick, welchen die jeweiligen Wolkengebilde gewährten. Von den übrigen Herren habe ich zu sagen, dass sie alle Bildungsstufen darstellen, dass mir Herren mit akademischer Bildung, mittlerer, elementarer ja elementarster in Stadt und Dorf mündliche oder schriftliche Auskunft zum Theil nebst Zeichnungen geboten haben. Es beträgt die Zahl derselben mehr als zwanzig, die Zahl der Meteorologien, welche ich zum Berufe der wissenschaftlichen Wetterkunde durchstudiert, mehr als ein halbes Dutzend, die Zahl der Beobachtungen, welche ich selbst am Himmel angestellt, ist eine unbegrenzte, und wie ich mich zuerst gar oft auf Wolkengebilde der zu behandelnden Art aufmerksam machen liess, so wiess ich später bei Gelegenheit auf dieselben hin, wenn sie in voller Schönheit und ausgeprägter Form am Himmel zu sehen waren, um diesen oder jenen Herrn von der Wissenschaft, welche der Stube entstammt, darauf aufmerksam zu machen, dass dieselbe reich und sicher erst wird durch die genaue Kenntniss des Ursprungs und Wesens der Dinge, nach eigener Anschauung erworben.

34. Der Gewitterbaum.

Erhielt ich von den mehr als zwanzig Herren in voller Einstimmung die Auskunft, dass das Wolkengebilde, welches man durch die Bezeichnung „Baum" kennzeichnet, nie sich mit einem Baume der Wirklichkeit vergleiche, dass dasselbe diese Benennung in entsprechender Weise führe wie Schlagbaum, Wesebaum, nur dass die Ränder des Stammes angekraust seien, so ergiebt sich daraus, dass die Bezeichnung nur eine bildliche ist, dass man mithin niemals aus derselben und aus dem Anblick am Himmel auf einen bestimmten Baum einer bestimmten Familie oder Art geschlossen hat und zu schliessen vermochte, weder in Norddeutschland, noch in urarischer Zeit, denn dem Gebiete von Norddeutschland entstammen die Mittheilungen, die mir gemacht sind, wie die Ergebnisse der Beobachtungen, welche von den Herren meiner Bekanntschaft wie von mir gemacht wurden, und der Urarier unterschied Umrisse und Farbe von Baum und Wolkengebilde, wie wir das zu thun gewohnt sind.

Von Schwartz haben wir gelesen, dass der Baum der Hesperiden ein geheimnissvoller Gewitterbaum sei.

Das Beiwort „geheimnissvoll" kennzeichnet die Art unklarer Anschauung, welche Schwartz eigen ist. Denkbar wäre das Sehen dieses Baumes in der Nacht nur bei hellem Mondenschein, — und dann pflegen die Gewitter zu den seltensten Erscheinungen zu gehören, — aber es ist das doch wenigstens denkbar. Wider die Natur ist aber der Gewitterbaum selbst, denn es pflegt das Gewitter wohl nach dem Wolkengebilde, die „Thürmchen", aufzutreten, aber diese bestimmte Wolkenbildungen haben nicht eine Spur von Aehnlichkeit mit dem Baume, denn sie entstammen der Schichtwolke Stratus, und diese wird niemals allein in der Form eines Baumes gesehen, also derjenigen, welche man diese bildliche Bezeichnung beigelegt, und die Gewitterwolke im eigentlichen Sinne ist die Haufen-Schichtwolke, Cumulo-Stratus, welche, sie mag eine Bildung annehmen, welche sie will, niemals in derjenigen eines Baumes erscheint:

eben die Verbindung von Cumulus mit Stratus giebt haufenund turmartige Wolkengebilde, nicht aber den Baum. Der Gewitterbaum gehört nicht dem Himmel an, nicht der Meteorologie, nicht der Wetterkunde des Volkes, nicht seiner Sage, nicht seiner bildlichen Ausdrucksweise, sondern allein der unklaren Einbildungskraft des Berliner Antropo-Mythologen.

35. Der Adamsbaum.

Es redet das Volk von einem Adamsbaum und versteht darunter den Apfelbaum, seit der christlichen Zeit, und zwar das Gewächs Pirus malus. Dass dieser Baum einer von den behandelten, also in Frage kommenden Bäumen des Paradieses gewesen, ist nicht zu erweisen, zum mindesten mehr als unwahrscheinlich, wahrscheinlich nur, dass derselbe die Bezeichnung von dem Nebenumstand erhalten, dass wir den Knoten im Halse Adamsapfel zu nennen pflegen, weil nach dem Volkswitze Adam der Apfel im Halse stecken geblieben vor Schreck, als Gott ihn angerufen. So würde erst von dem Apfel auf den Baum der Name übergegangen sein

Den Apfelbaum in das Paradies zu versetzen haben wie kein anderes Recht, als dasjenige, welches ein Volkswitz aus christlicher, also später Zeit uns giebt: ihn am Himmel zu suchen ist keine Möglichkeit gegeben, denn kein Wolkengebilde von den in Frage kommenden und nach der bildlichen Sprache des Volkes als Baum bezeichneten erträgt auch nur den allerentferntesten Vergleich mit dem kurzstämmigen und breit sich wölbenden Apfelbaum der Wirklichkeit — ebenso wenig aber auch mit dem Granatapfelbaum und dem Paradiesapfelbaum, der Tomate also, welche beide Bäume überdies überhaupt nicht in Betracht kommen können, weil der eine dem Mittelmeergestade angehört, der andere erst in später Zeit seinen Einzug aus Südamerika gehalten hat in unsere Zier- und Culturgärten, und unsere norddeutschen Landleute ihre Studien weder in Süditalien und Südspanien, noch in Nordafrika oder Syrien zu machen pflegen. Kuhn nnd Schwartz haben eben die Bezeichnung, Adamsbaum für ein Wolkengebilde erträumt und diesen Traum den Landleuten in den Mund gelegt, aber nicht von ihnen gehört, wie so vieles nicht, was sie in ihren norddeutschen Sagen, Märchen und Gebräuchen veröffentlicht haben und was ihnen nachgeschrieben ist nicht von der wägenden Wissenschaft, sondern der abschreibenden Afterweisheit.

36. Der Abrahamsbaum.

Von den braven Bewohnern der Uckermark berichten uns Kuhn und Schwartz, dass dieselbe von dem Abrahamsbaum als einem Wolkengebilde zu reden gewohnt sind. Die braven uckermärkischen Landleute sind bekanntlich spät aus dem Slaventum in das Deutschtum eingegangen, und es wäre recht belehrend gewesen, hätten uns Kuhn und Schwartz in ihrem Buche mitgeteilt, wo diese jetzt deutsch redenden Bauern ihre Studien bei Plato und Plinius gemacht, welche von dem Baum reden, der gar vielfache und seltsame Bezeichnungen trägt Es heisst aber dieser Baum im Griechischen Agnos, was man für zusammengezogen hält aus ἄγονος, in der Bedeutung von unfruchtbar machen, der Römer nennt ihn vitex, Linné vitex agnus-castus, denn es hatte sich aus Missverständniss das griechische Agnos in das lateinische agnus verwandelt, und so wird denn das Gewächs im Deutschen Keuschlamm, Keuschbaum genannt, Mönchspfeffer, und wohl auch Abrahamsbaum.

Bei Plato lesen wir im Phaidros, dass dieser Baum als hoher schattentragender gepriesen wird, der Platane gesellt, nach Plinius steigt Vitex major, eine weidenartige Pflanze, zur Höhe eines Baumes auf, ist vitex minor ein Zweiggewächs. Von Herrn Oertel, Kustos unseres landwirtschaftlichen Institutes, erhielt ich die Mitteilungen, dass dieses Zweiggewächs als Strauch 10—12 Fuss hoch wird, dass derselbe viel aufrecht stehende Zweige hat, die einander gegenüberstehend sind. Als seine nördlichsten Gebiete giebt mir derselbe Dalmatien an, Istrien, Ligurien, Nizza.

Es ist klar, dass die braven Bauern der Uckermark weder den Agnos des Plato, noch vitex major und minor kennen, mithin auch nicht mit einem Wolkengebilde zu vergleichen vermocht haben.

Nun führt die die Geburt vernichtende, die Brunst niederschlagende Frucht des Baumes auch den Namen Mönchspfeffer nach einem Witzwort, denn es besagt dasselbe eben, dass die Frucht die Leidenschaft der Mönche niederzuschlagen, mithin das denselben zu überweisende Gewürz, ihr Pfeffer zu sein habe, — wie derselbe in der That auch in den Klöstern zur Bewahrung der Keuschheit genommen wurde und wohl noch wird, wo der Natur im Ausbruch ihrer Glut niederschlagende Mittel zu reichen sind.

Rührte den braven Uckermärker Bauern die Kenntniss von dem Abrahamsbaum aus der Zeit der Klöster in Norddeutschland her, so ist nicht anzunehmen, dass sich dieselbe weiter als auf die Frucht des Baumes erstreckt hat: wie aber diese Frucht zu dem Baum geführt haben soll, ausser dass man diesen Namen etwa vernommen hatte: wie die Uckermärker eine Wolkenbildung mit einem Baum verglichen haben sollen, von dem sie ausser Frucht und Namen nichts wussten, dessen Form und Gestalt als Baum wie als Strauch, wenn sie dieselben gekannt, mit dem in Frage kommenden Wolkengebilde nie zu vergleichen gewesen wäre und ist — das zu erwägen und zu erweisen ist Kuhn und Schwartz nicht eingefallen, — und deshalb ist keine Möglichkeit, zu einem anderen Schluss zu gelangen, als dass diese Herren ihrer Gewohnheit gemäss, was sie irgendwo gelesen, nun den norddeutschen Landleuten in den Mund gelegt haben. Da nun Dichter des Mittelalters von einem Abrahamsgarten phantasieren, so ist es nur natürlich, dass Kuhn und Schwartz aus diesem Garten einen Baum ausgesucht, denselben nach Abraham benannt und darauf in die Uckermark verpflanzt haben, um ihn dann am Himmel wiederzufinden. Und nun genug von diesem Gewächs ungesunder Gelehrsamkeit, welches als Wolkengebilde übler Gewohnheit sein Dasein verdankt.

37. Der Regenbaum.

In scheinbar zuverlässiger und genauer Angabe erfahren wir von Schambach, dass es nach dem Volksglauben bald regnet, wenn die Zweige an dem Regenbaum tief herabhängen, in vierundzwanzig Stunden aber erst, wenn die Zweige höher stehen. Das Wolkengebilde lässt Schambach aus der Regenwolke bestehen, und zwar nach ihrer Zusammensetzung aus Feder-Haufen-Schichtwolke, Cirro-Cumulo-Stratus also.

Auch in diesem Falle ist leider zu sagen, dass Schambach, was er vom Volke gehört, nicht scharf aufgefasst und mit übel angebrachter Gelehrsamkeit verbrämt hat. So setzt zwar Cornelius in seiner Meteorologie allerdings Cirro-Cumulo-Stratus mit Nimbus gleich, also Regenwolke mit Feder- Haufen- Schichtwolke, und ich habe auch darauf hinzuweisen, dass van Bebber bemerkt, dass für die Nimbuswolke eine einheitliche Erklärung noch aussteht, mithin also die Regenwolke weiterer wissenschaftlicher Untersuchungen und Feststellungen bedarf, aber von Wolkengebilden kann allerdings doch nur bei der Regenwolke in der Zeit die Rede sein, wo dieselbe im Aufbau begriffen ist, also ein Nebeneinandererscheinen von Feder- Haufen- und Schichtwolke beobachtet wird und zwar in der Weise, dass Schicht- und Haufenwolke den eigentlichen Körper des Gebildes ausmacht, Cirrus aber den Körper umsäumt, vor Allem ihn nach der Höhe überragt. Bei diesem Vorgange in der Wolkenbildung ist aber an eine baumartige nicht zu denken, wie das bereits bei der Verbindung von Cumulo-Stratus besprochen und erwiesen ist. Danach bleibt nichts übrig als anzunehmen, da die Regenwolke im eigentlichen Sinne, also nach Aufbau und Verschmelzung der verschiedenen Wolkenarten, nur von „dem schwarzen Mann, dem schwarzen Bären" nach der bildlichen Ausdrucksweise des Volkes zu reden erlaubt, dass Schambach von dem Wetterbaum nach der Seite hat reden hören, dass derselbe in gewissen Beziehungen Regen ankündet und demnach in diesem oder jenem Gelände unseres Vaterlandes Regenbaum genannt sein mag, aber die Erklärungen dieses Wetterbaumes als Regenbaum sind wissenschaftlich unhaltbar und demnach zu verwerfen, da die Regenwolke weder als Nimbus noch als Cirro-Cumulo-Stratus sich am Himmel in einer Bildung zeigt, welche als Baum auch nur in bildlicher Redeweise bezeichnet werden kann, und demnach auch vom Volke nicht bezeichnet ist, denn das Volk thut den Mythologen eben nur dann den Gefallen, sinnlos zu sprechen, wenn dieselben ihm Gedanken unterschieben, die sie selbst ausgebrütet haben.

38. Die Windwurzel.

Die Nachrichten über die Windwurzel finden wir bei Adelung in seinem Wörterbuche (Wien 1808) und lesen darüber dort folgendes: „Der Wetterbaum, eine dicke Wolke, welche sich oberwärts in helle Streifen wie ein Palmenbaum ausbreitet und aus deren Wurzeln oder unterem Teil der Landmann gut Wetter oder Regen voraussagt. Da gemeiniglich der Wind bald darauf aus derjenigen Gegend kommt, wo der Wetterbaum steht, so wird er auch Windwurzel genannt."

Ueberdenken wir das Gelesene, so ergiebt sich, wenn wir dasselbe mit dem Wolkengebilde am Himmel in Beziehung setzen, dass Adelung die Sache, welche er erklärt, sich nicht klar gemacht haben kann. So haben wir als Grundbenennung diejenige von Wetterbaum hervorzusuchen, dieser Wetterbaum zeigt einmal gutes Wetter an, dann aber auch Regen, und schliesslich auch Wind, denn die Worte, dass der Wind bald aus derjenigen Gegend kommt, wo der Wetterbaum steht, müssten doch das eigentlich besagen.

Nun kann man in der That von einem Wolkengebilde nicht gut mehr verlangen als schönes Wetter, Regen, Wind, aber dies „Zuviel" in der Wetterverkündung ist eben von übel.

Was nun die äussere Form des Wetterbaumes von Adelung betrifft, so ist zu sagen, dass derselbe eher mit derjenigen von Palme, als von Esche, Apfelbaum, Eiche und andern Bäumen in entferntester Aehnlichkeit allenfalls verglichen werden kann, dass denn doch aber nur ein Gelehrter, kein Landmann aus Nord- oder Süddeutschland wie aus Mittelösterreich den Vergleich mit der Palme zu ziehen vermag. Somit scheidet der Vergleich mit einem Baume der Wirklichkeit als, wenn nicht falsch, so mindestens unklar aus der Untersuchung aus, immerhin entnehmen wir der Erklärung von Adelung die Mitteilung, dass der Wetterbaum eine dicke Wolke ist, welche sich oberhalb in helle Streifen ausbreitet, um dazu zu sagen, dass von einer dicken Wolke nicht ernsthaft die Rede sein kann, wohl aber von einem in die Länge gezogenen dichteren und nicht so hellen Wolkengebilde, als diejenigen zerfaserten Wolkenstreifen sind, welche mit demselben in Verbindung getreten.

Es wird sich alsobald ergeben, dass diese Wolkenzusammensetzung und Bildung allerdings Regen anzukünden pflegt, zum mindesten eine Depression anzeigt, wie die Meteorologen zu sagen pflegen, denn es spricht Adelung von einem Wolkengebilde, welches der Schicht- oder Lagerwolke angehört, also als Cirro-Stratusbildung meteorologisch zu bestimmen ist.

Der Wetterbaum zeigt eigentlich nicht das Eintreten des Windes aus der Richtung her als bevorstehend an, in welcher er steht, sondern man erkennt die Richtung des Windes der oberen Regionen an demselben in der Weise, dass man die Richtung der Spitzen der Blätter, und zwar die niederhängenden, sowie des Stammes des Baumes nach der Himmelsgegend bestimmt, wohin sie zeigen, denn aus dieser Gegend kommt der Wind, und das besagt der Ausdruck Windwurzel. Einen weiteren Bezug zum Wind hat der Wetterbaum erst dann, wenn auf die angekündigte Depression die Luft der unteren Regionen einen Ausgleich von Würme und Kälte anstrebt.

39. Der Wetterbaum.

Ist in den Mitteilungen, welche wir bis jetzt behandet haben, eigentlich von dem Wetterbaum unter falschem Namen und mit falschen Angaben von Seiten des Herrn, von denen wir über denselben vernommen, gesprochen worden, so erübrigt jetzt, dieses Wolkengebilde weiter zu behandeln.

Nun ist mir sehr wohl bekannt, dass man den Wetterbaum auch wohl als Windbaum bezeichnen hört, denn wie nicht jeder Gelehrte sich klarer Anschauung und scharfer Ausdrucksweise erfreut, so ist dies gleichfalls ein Vorkommniss bei unseren Landleuten. Aber der Schäfer, welcher den Regen fürchtet, der Windmüller und Schiffer, welche nach dem Winde ausschauen, scheiden Wind- und Wetterbaum klar und scharf.

Nachdem sich mir die Notwendigkeit dieser Scheidung aufgedrängt hatte, legte ich die Wolkenerklärung von Cornelius vier Herren vor, von denen sich zwei akademischer Bildung erfreuen, zwei aber nicht. Alle vier Herren, welche den Wind- und Wetterbaum am Himmel oft gesehen und beobachtet, gaben mir ohne jedes weitere Nachdenken, alle vier ganz unabhängig von einander, nachdem sie die Wolkenerklärung in der Meteorologie gelesen, denn auch die Antwort, Wetterbaum ist Bildung der Cirro-Stratus-Wolke, Windbaum der Cirrus- also Wind- oder Federwolke.

Von dem Wetterbaum gab mir Herr Pastor Reichhardt in Haferungen die Beschreibung nach der Farbe: der Stamm des Wetterbaumes sieht dunkelgrau aus, die Aeste erscheinen weiss-grau bis weiss.

Aus der Bildersprache in die Sprache der Wissenschaft übersetzt heisst das also: das Wolkengebilde als langgezogene, festgefügte Masse ist Stratuswolke, während der weissgrauen und weissen Feder- oder Schichtwolke die Ansätze entstammen, nach strahligem, fedrigem und faserigem Gefüge.

Es unterliegt, glaube ich, keinem Zweifel, dass Adelung, wenn er nicht Jugenderinnerungen aus seiner Heimat Spantekow bei Anklam eingewebt, seine Beschreibungen nach Mitteilungen aus Erfurt, Leipzig oder Dresden gegeben hat, denn er sieht das Wolkengebilde nicht nur der norddeutsche, aus dem Slaventum in das Deutsche eingegangene Bauer, — eben so, dass er nicht klar beobachtet oder scharf sich ausgedrückt hat, ebenso aber auch, dass derselbe genau das hat sagen wollen, was Herr Pastor Reichardt mir geschrieben, wovon ich die wissenschaftliche Erklärung gegeben.

Mit den Erscheinungen, welche ich den Beschreibungen von Reichardt und Adelung entnommen, mit den Bestimmungen, welche die vier Herren nach der Meteorologie von Cornelius getroffen, befindet sich meine Beobachtung in vollem Einklang. So sass ich am 12. August 1893 mit meiner Tochter Dagmar im Garten des Herrn Dietzel. Da sagte dieser Herr in beiläufigem Gespräch: „Das Wetter ändert sich, es sind Wetterbäume am Himmel." Selbstverständlich liess ich mir und meiner Tochter die Wolkengebilde sofort zeigen, welche als Wetterbäume bezeichnet waren. Am Himmel sahen wir einige von den bezeichneten querlagernden Wolkenbildungen, denn Wetterbaum und Windbaum treten keineswegs nur einzeln am Himmel auf, sondern zuweilen in Gesellschaft von fünf, sechs, ja mehr ihres gleichen, — es waren aber dieselben mit aller Sicherheit zu bestimmende Cirro-Stratus-Bildungen. Auch bewährten sie die Richtigkeit des ihnen entnommenen meteorologischen Satzes, welches van Bebber wiederholt ausspricht, wenn er sagt: „Die Cirro-Stratus-Wolke gilt als ein ausgezeichneter Vorbote einer herannahenden Depression," denn am dreizehnten August trat Regen ein.

40. Der Wetterbesen.

In Bezug auf den Wetterbesen giebt uns bereits Goethe die richtigen Hinweise, aus welcher Wolkenart dieses Gebilde besteht. Denn wir lesen bei ihm in dem Abschnitt Meteorologie seiner naturwissenschaftlichen Schriften (Bd. 40. S. 321 meiner Ausgabe): „Das lichteste Gespinnst der Besenstriche des Cirrus stand ruhig am obersten Himmel."

Sehen wir uns nun die Eigenschaften der Cirrus-Wolke näher an, so sagt uns Cornelius darüber in seiner Meteorologie, dass die Cirrus- oder Federwolke aus zarten Fasern besteht, welche parallele oder divergierende Fäden oder verworrene Streifen oder herabhängende Locken bilden, dann aber auch, dass sie nach anhaltend heller Witterung zuerst am Himmel auftritt „und zwar als Folge eines wärmeren, feuchten Aequatorialstromes."

Sodann habe ich darauf hinzuweisen, dass, da der Hauptgrund einer Störung des atmosphärischen Gleichgewichtes Wärme und Feuchtigkeit ist, und da wie van Bebber sagt, die Luft wegen ihrer ungleichen Dichtigkeit das Bestreben hat, den Gleichgewichtszustand herzustellen, die Luft in beständiger Bewegung ist, welche Bewegung der Luft wir eben Wind nennen, und natürlich Sturm, wenn derselbe sich bis zu einem hohen Grade steigert.

Zeigt die Federwolke, welche als Folge eines wärmeren, feuchten Aequatorialstromes auftritt, den Wind zunächst der höheren Regionen an, so habe ich darauf hinzuweisen, dass unsere Stadt- und Landleute in Halle und Umgegend diese Wolke Windwolke zu nennen vor dem Ausdruck Federwolke vorziehen.

Mir scheint der Ausdruck Wetterbesen, gemacht aus dem lichtesten Gespinnst der Besenstriche der Cirruswolke am Himmel, ich muss denn doch aber auch darauf hinweisen, dass ich Herrn Pastor Reichhardt eine Zeichnung von einem Wolkengebilde von Windwolken verdanke, welche man sehr wohl einem Reisbesen vergleichen mag, an dem die Windwolkenstreifen wie die Reiser eines Besens vom Ausgangspunkte aus sich zerteilen, also auseinandergehen, aber immerhin so, dass der Schenkel eines stumpfen Dreieckes die Seitenreiser des Besens bezeichnen würden.

Ungenau ist immerhin der Ausdruck Wetterbesen, denn derselbe kann nur mit Bezug auf bevorstehendes schlechtes Wetter gesagt sein, wie man zu sagen pflegt, also in einem Sinne wie man den Wetterbaum auch Regenbaum nennen könnte, wollte man darauf hinweisen, dass derselbe mit Vorliebe Regen als bevorstehend anzeigt, und es ist schwer denkbar, dass das Volk mit allgemeiner Bezeichnung eine Wolkenbildung beehrt, welche nur in gewissen Fällen zutreffen kann, immerhin allerdings doch auch denkbar, und deshalb hier so zu behandeln, wie geschehen.

41. Der Windbaum.

Von der Cirruswolke giebt uns H. J. Klein folgende meteorologischen Sätze:

Cirruswolken, welche aus einer Richtung zwischen SW. und NW. heraufziehen, haben durchschnittlich unter 10 Fällen 8 Mal Regen innerhalb der nächsten 24 Stunden im Gefolge.

Cirruswolken, die so rasch aus NW. ziehen, dass man ihre Bewegung leicht und sicher erkennen kann, haben unter 10 Fällen 9 Mal Regen innerhalb 24 Stunden im Gefolge.

Fällt das Barometer während dessen, und treten die rasch aus NW. ziehenden Cirren in Gestalt von zerzausten und gebogenen Fäden oder als Locke mit einem Häufchen an der Spitze auf, so kann man mit grosser Sicherheit auf Regen innerhalb längstens 12 Stunden rechnen."

Dann lesen wir aber auch:

„Cirruswolken, welche aus einer Richtung zwischen NO. und SO. heraufziehen, haben in den meisten Fällen keine Bedeutung als Regenbringer, im Gegenteil folgt bei Bewegung aus Ost meist schönes Wetter."

Der Windbaum ist in der Meteorologie bekannt, welche den Namen vom Volke aufgenommen haben muss, denn nur das Volk spricht von der Windwolke, aus welcher der Windbaum besteht, die Meteorologie aber vom Windbaum aus der Federwolke bestehend.

So sagt uns Cornelius in seiner Meteorologie darüber:

„Die sogenannten Windbäume sind vielfach verästelte Federwolken, deren Spitzen dem Winde zugekehrt sind und daher seine Richtung anzeigen."

Setzen wir nun die Angaben von Cornelius mit denjenigen von Klein in Beziehung, so wissen wir, wenn wir am Himmel eine Bildung aus Windwolken sehen, dergleichen das Volk mit der Bezeichnung Baum in seiner bilderreichen Sprache belegt, wann der Windbaum Regen anzeigen kann, wann schönes Wetter, und es ist das also der Fall, wenn die Spitzen und das Ende des Stammes nach NO. und SO. zeigen, Regen aber, wenn nach NW. besonders aber SW. Die Windwolke, Cirrus, unterliegt der Beobachtung des Volkes wie die Wetterwolke im eigentlichen Sinne, Cirro-Stratus, die Wind-Schichtwolke, und mag der Landmann hin und wieder die Ausdrücke nicht scharf gesondert halten, so sondert sie der Schäfer wie der Müller und Schiffer, es hat sie die Wissenschaft zu sondern, wie denn von mir geschehen.

42. Die Wolkenlandschaft am Himmel.

Mit keckerem Mute, geringerem geschichtlichen Beweise und grösserer Unkenntniss der Naturwissenschaft, wie der Aeusserungen des menschlichen Geistes ist nie eine Behauptung aufgestellt worden, als dass der Hauptschauplatz der Naturdämonen eine Himmelslandschaft ist, der Mittelpunkt derselben aber der riesige Wolkenbaum der Indogermanen, welcher sich unseren norddeutschen Landleuten, aber offenbar nur diesen am Himmel zeigt, obgleich denselben jeder am Himmel beobachten kann, welcher sich normaler Sehkraft erfreut, wenn auch nicht als einen in den Veden verherrlichten, so doch von jedem Schäfer und Müller gekannten.

Aber wie für den Wolkenbaum als urarischen und für die Himmelslandschaft aus dem Bewusstsein des Urindogermanen und unserer norddeutschen Bauern kein Schatten eines Beweises zu erbringen ist, so ist zu sagen, dass es das Wesen der Naturdämonen, der sogenannten höheren Dämonen, der Heroen und Götter gänzlich verkennen heisst, wenn man dieselben allein dem Blitz, dem Wind und den Wolken entstammen lässt, sie als deren Gegenbild anspricht, und als solches ihr Wesen nach dessen verschiedenen Aeusserungen hin deutet. Es bleibt eben nichts übrig, als die Herren, welche die Grundlosigkeit ihrer Aufstellungen noch nicht eingesehen haben, auf meine Schrift: „Zur Wolkenkunde in Mythologie, Volksanschauung und Meteorologie" im „Wetter" hinzuweisen, so wie sie zur fleissigen Naturbeobachtung aufzufordern. Es wird ihnen dann der norddeutsche Landmann zeigen, dass man auch wohl einmal den Windbaum in der Höhe des Horizontes erblickt, obgleich unendlich häufiger zu dieser Höhe emporsteigend, den Wetterbaum aber am häufigsten an dem unteren Horizonte, wo man nun allerdings den Mittelpunkt der Himmelslandschaft nicht suchen kann.

Schliesslich sei noch einmal daran erinnert, dass von unseren norddeutschen Landleuten wie von jedem andern Menschen mit gesundem Verstande der Wind- und Wetterbaum nie mit einem Baum der Wirklichkeit verglichen wird, demnach auch nicht verglichen werden konnte, denn diese Bezeichnung entstammt allein der Bildersprache des Volkes.

Und damit nehmen wir Abschied von den Träumereien, welchen die Himmelslandschaft entstammt, denn dieselben sind eben nichts anderes als Erzeugnisse einer ungesunden Vorstellungskraft, ungemeiner Unkenntniss der Anschauungen unseres deutschen Volkes, sowie ganz unbegrenzter Kenntnisslosigkeit jener Erscheinungen am hochgewölbten Himmel, welche den verständnissvollen Beobachter mit Entzücken erfüllen, mit Begeisterung von Niemand Geringerem gefeiert sind, als von Göthe.

43. Wolkenbaum und Baum des Cultus, der Sage.

Dass kein Wolkenbaum ein Baum des Cultus zu sein vermag, dürfte sich uns aus dem Vorangehenden ergeben haben, denn wie selbst von den Herren eine Verknüpfung von Wolkengebilde in der beregten Form und Gestalt und dem Cultus in keiner Weise herzustellen versucht ist, trotzdem dieselben zum Teil Angaben haben, welche ihrer Erfindung und dem Hineinfragen in das Volk ihren Ursprung verdanken, so haben auch wir keine Anhaltspunkte dafür gewonnen, aber es ist doch noch besonders darauf hinzuweisen, dass wir mit Bedauern Erzeugnisse einer Zeit kennen gelernt haben, durch welche unsere Wissenschaft und damit die Erkenntniss der Wahrheit schwer geschädigt ist. So ist es nur aus der Voreingenommenheit im Denken zu erklären, dass unsere Germanisten sich lieber mit der Esche Yggdrasill als Wolkenbaum beschäftigten, als die Verschiedenheit der Schilderung dieser Esche in Völuspá, Grímnismál und Gylfaginning festzustellen und zu erkären versuchten, dass kein Germanist von der Biene durch den Urtext zur Bienenfliege geführt ist, um von dieser zu der Bleifliege, der Manna-Cicade und damit zu der Mannaesche des erzählenden Seefahrers zu gelangen. Hat ein Herr im Wolkenkukuksheine seiner erträumten Welt das volle Recht, Apfelbaum, Esche und Eiche als Einheit zusammenzufassen, so wird doch der, welcher Cultus und Mythologie der Griechen kennen zu lernen sich bemüht, die Aepfel dem Cult überweisen, den Baum als nebensächlich eben nur berühren, die Eiche, die auch Stamm oder Säule genannt wird, nur als zufällige Vliessträgerin beachten, die Esche aber um ihrer besondern Art von Blüten willen, sowie wegen der eschenen Lanzenschäfte in der Mythologie hervortreten lassen.

Mit diesen Bäumen haben nichts zu schaffen die indischen, von Dichtern verherrlichten Bäume mit mythologischer Verbrämung, Ficus religiosa, Ficus indica und Palûça.

Der Perser sagenberühmte Bäume stehen den heiligen Bäumen Indiens ferner, als diejenigen der Griechen von denen der Inder.

Von den heiligen Bäumen der Assyro-Chaldäer vermögen wir nur die Frucht mit ziemlicher Sicherheit zu bestimmen, nicht aber den Baum nach Art und Familie, nicht auch, ob er um der Culthandlung willen in den Stein gerissen, oder um eine Mythe zu versinnlichen, die aus dem Semitischen oder Turanischen oder Kuschitischen ihren Ursprung genommen.

Daraus ergiebt sich aber, dass jeder dieser behandelten Bäume für sich zu betrachten und zu erklären ist, dass das, was sie auszeichnet, nur der Phantasie der Völker und Dichter entspringt, bei denen wir dieselben finden, Sage und Mythe gesondert sind, welche mit denselben verknüpft wurden, wie der Cult, wo dieser sich zu seinem jeweiligen Zwecke mit denselben verband, und damit ist die Unmöglichkeit erwiesen, dass die vergleichende Mythologie sie mit Recht als Einheit zu behandeln und als einer Erscheinung am Himmel als ihrem Ausgangspunkt entstammend anzusprechen das Recht hat, oder es mit dem Scheine des Rechtes zu thun vermag.

44. Die Paradieserzählung eine Parabel.

Der Geschichtsschreiber seines Volkes, der Israelit Grätz, berichtet uns in Bezug auf das Paradies folgendes: Alles was Gott geschaffen hat, ist gut und zweckentsprechend, auch der Mensch. Wie kommt es aber, dass die Menschen nicht gut und nicht glücklich sind?

Frage und Antwort erfordern Denkvertiefung, und doch sollten sie auch dem einfachen Menschen verständlich gemacht werden. Die Beantwortung der Frage konnte nur durch eine Geschichte gegeben werden, die wie eine Parabel klingt."

Gehen wir nun auf die Geschichte, die wie eine Parabel klingt, näher ein, indem wir unserem israelitischen Gelehrten folgen, so lesen wir nun: „Der Mensch ist einst sehr glücklich gewesen, in einem paradiesischen Aufenthalte, so lange er unschuldig war.

Mit seinem ersten Vergehen und seinem Schuldbewusstsein büsste er sein Glück ein und wurde aus dem Paradiese gewiesen. Worin bestand sein Vergehen? Er hat Gottes Gebot übertreten durch Gelüste und Klügelei.

Diese beiden Eigenschaften des Menschen, die er unterdrücken kann, wenn er ernstlich will, haben ihn um sein paradiesisches Glück gebracht."

Dann lesen wir weiter: „Zur Lebensgefährtin erhielt er das Weib, das einen Teil seiner selbst bildet und mit ihm eins sein sollte. Sie ist ihm nicht zur Strafe als Pandora mit einem Füllhorn von Elend zugeschickt, sondern zur Hülfe und zum Beistand beigesellt worden. Das erste Paar wurde von Gott geleitet und erzogen, um stets im Glück zu bleiben. Um dieses Glück zu behalten, musste das unerfahrene erste Menschenpaar durch eine höhere Vernunft angeleitet und erzogen werden.

Das erste Erziehungsmittel war die eindringliche Warnung, sich nicht auf die eigene Einsicht zu verlassen, und nicht selbst zu bestimmen, was gut oder was böse sei, — oder in sinniger Erzählungshülle: Gott verbot ihnen vom Baum der Erkenntniss des Guten und Bösen zu geniessen.

Der Mensch sollte nicht etwa kindisch, unwissend und dumm bleiben, aber er sollte zum sittlichen Wandel nicht den eigenen Verstand als Richtmass nehmen.

Er übertrat das Gebot halb durch eigene Schuld und halb durch Verführung.

Die Klügelei, als deren Bild die Schlange mit ihren klugen Augen galt, reizte dazu. Sie wagte sich nicht an den ernster denkenden Mann, sondern machte sich leichter an das zu verführende Weib, das ohnehin ein Gelüste nach den schönen Früchten des Baumes der Erkenntniss empfand.

Das verführte Weib verführte auch Adam zur ersten Uebertretung und zur ersten Sünde.

Die nächste Folge war das Schamgefühl, entstanden aus dem Schuldbewusstsein.

Gleich darauf erfolgte die Strafe als neues Erziehungsmittel. Das Weib sollte im Schmerz gebären und doch stets zum Manne die Neigung haben, ihm untergeordnet sein. Der Mann wurde aus dem Paradiese vertrieben, auf einen andern Schauplatz der Erde gewiesen, der nicht so ergiebig war, damit er mühseliger arbeiten sollte."

Denn allerdings, entgegen unseren gewöhnlichen Vorstellungen, welche wir mit dem Leben im Paradiese zu verbinden pflegen, ist 1. Mose 2,15 gesagt: So nahm Jahve den Menschen und setzte ihn in den Garten Eden, ihn zu bebauen und zu bewahren.

45. Paradies und Hölle.

Das alte Israel in der Herrlichkeit des Königs Salomo war zerschlagen, persischer Einfluss begann auch bei den Israeliten sich geltend zu machen: ungezählte Scharen von Engeln und bösen Geistern hielten aus Persiens Gefilden ihren Einzug in Israel, nach eranischem Vorbilde wurde der böse Versucher, in welchen der scharfsichtige und strenge Beurteiler im Buche Hiob sich gewandelt hatte, immer weiter ausgestattet und mit Machtfülle umgeben, bis er zuletzt ein eigenes Reich erhielt, das Reich der Finsterniss, um darin als Satan zur Schädigung des Guten zu schalten.

Es war um diese Zeit, dass auch der Garten Eden seine Umgestaltung erfuhr, von welchem uns Grätz sagt: „Der Garten Eden (Gan Eden), in welchen die Schöpfungsgeschichte das erste Menschenpaar im Zustande der Unschuld versetzte, wurde in das Paradies umgestaltet, und das Thal Hinnom (Ge-Hinnom) bei Jerusalem, in welchem seit Achas Kinderopfer dargebracht wurden, gab die Namen für die neugeschaffene Hölle.

In den Gan-Eden wurden die Frommen und Gesetzestreuen, und in den Ge-Hinnom die Frevler und Sünder versetzt."

Wiederum eine andere Anschauung von dem Paradiese gewähren uns die Rabbinen und Philo, welche das Paradies, den Garten Gottes, dessen Mitte der Baum des Lebens ist, der von einem Strom bewässert wird, und in dem alles blüht und Frucht treibt, der als eine Stätte des Lebens erscheint, eine Pflanzung $\zeta\omega\eta\varsigma$, also offenbar des (ewigen) Lebens nennen, $\dot{\alpha}\vartheta\alpha\nu\alpha\sigma\iota\alpha\varsigma$, der Unsterblichkeit, $\epsilon\iota\delta\eta\sigma\epsilon\omega\varsigma$ der (höheren) Einsicht.

Als selbstverständlich ist zu betrachten, dass diejenigen Israeliten, welche sich der Heilslehre Christi zuwandten, das Paradies in den Himmel verlegen würden, nie aber am Himmel zu sehen vermochten, und so lesen wir denn auch Lukas 23, 42: dass der Sünder am Kreuz zu Christus am Kreuz spricht: „Herr gedenke an mich, wenn Du in Dein Reich kommst" und Christus darauf entgegnet (Vers 43:) „Wahrlich, ich sage Dir, heute wirst Du mit mir im Paradiese sein."

Es ist aber nach diesen Worten des Evangelisten das Paradies zu bestimmen als das Reich Christi, der Aufenthalt der Seligen im Himmel.

In der Offenbarung St. Johannis lesen wir sodann (Kap. 2. Vers 7): „Wer überwindet, dem will ich zu essen geben, von dem Holz des Lebens, das im Paradiese meines Gottes ist."
Es ergiebt sich sofort, dass das Holz des Lebens ($\xi\upsilon\lambda o\nu\tau\eta\varsigma$ $\zeta\omega\eta\varsigma$) allein in übertragenem und symbolischem Sinne steht und gedeutet werden kann, dass also das Paradies von der Erde in den Himmel versetzt ist.

46. Das Paradies der Religion.

Der Garten Eden wird seiner örtlichen Lage nach durch die vier Flüsse bestimmt, er ist in die Landschaft versetzt, welche der Indus umströmt, der Euphrat und Tigris durchfliesst, der Nil bewässert. Die Bäume des Paradieses als Art und Gattung festzustellen versagen uns die Mittel, welcher die vorsichtig wägende Forschung ihre Ergebnisse zu entnehmen hat.

Mit diesem Ergebniss haben wir uns zu genügen. Wer nach den gebotenen Darlegungen noch weiter davon träumt, dass die vergleichende Mythologie ihm die Rätsel lösen wird, welche jeder Mythus jedes Volkes ihm aufgiebt, der mag dieser nutzlosen Beschäftigung sich weiter hingeben, denn nicht jeder Mensch hat Neigung, seine Zeit nutzlos zu vergeuden, indem er den Pflug die Erde nutzlos aufreissen lässt. Wer noch weiter den Zaubertönen lauscht, welche ihm von der vergleichenden Religionswissenschaft gesungen werden, der sei darauf hingewiesen, dass nur der Gelehrte mit Erfolg und demnach Berechtigung vergleicht, welcher mit derselben Klarheit und Sicherheit die geistigen Schöpfungen Grichenlands durchdrungen hat, wie diejenigen des deutschen Geistes, Indiens, wie des Tieflandes von Egypten, der Semiten wie der Männer des Ostens von Asien, der Urbewohner Afrikas und von Australien.

Das zu erreichen ist dem Menschen versagt, und deshalb wird die vergleichende Religionswissenschaft nichts zu fördern vermögen als dilettantische Schöpfungen und damit für urteilslose Köpfe Stoff zur Herabminderung der Wahrheiten der Religion.

Wer aber die Religion noch immer als den Ausdruck der tiefsten Offenbarungen der Geheimnisse Gottes und des menschlichen Herzens betrachtet, der wird glücklich sein in jeder Erkenntniss der Wahrheit, und in diesem Falle eben in derjenigen, dass das Paradies, der Garten Eden, weil uns die Mitteilungen darüber enge Schranken zu ziehen versagen und damit eine Bestimmung nach Meile und Stunde, nicht der irreführenden Wissenschaft von der vergleichenden Mythologie zu überweisen ist, nicht der sogenannten Religionswissenschaft ohne sicheren Boden, sondern allein der Religion angehört, von welcher dasselbe stets als ein wesentlicher Bestandteil gegolten und auch ferner zu gelten hat.

Inhalt.

	Seite.
Vorwort	3—4
1. Zur Einführung	5—6
2. Götter, Helden und Dämonen	6—7
3. Die Himmelslandschaft	7—9
4. Der Garten Eden	9—11
5. Die zwölf Edelsteine am Amtsschild des Hohenpriesters	11—18
6. Farben-Symbolik	18—20
7. Das Herz Bedolah	20—21
8. Die Bäume des Paradieses	21—26
9. Bâb-Ilu und Ninua	26—27
10. Der Chaldäische Sündenfall	27—29
11. Die Betula alba	29—30
12. Aus Persiens Gefilden	30—31
13. Die persische Schöpfungssage	31—32
14. Der erste Mensch	32—34
15. Der persische Sündenfall	34—35
16. Die heiligen Bäume	35—40
17. Indiens kosmogonischer Baum	40—42
18. Ficus indica und Ficus religiosa	42—43
19. Die Ficus religiosa als Schmarotzerpflanze	43—45
20. Nyagrodha, Açvattha, Palâça	45—48
21. Der Açvattha als Baum der Intelligenz	48—49
21. Aus Griechenlands Sagenwelt	49—50
22. Die Jasonsage	50—53
23. Die Aepfel der Hesperiden	53—57
24. Das eherne Geschlecht, die Nymphen	57—64
25. Der männliche und weibliche Baum	64—66
26. Die Esche Yggdrasill	66—69
27. Der Prosa-Edda-Gehalt	69—70
28. Die Mannaesche und Mannacicade	70—75
29. Gerichtsbaum und Bauernstein	75—78
30. Der Eschenmensch der Edda	78—80
31. Aus der Werkstatt der Wortableiter	80—84
32. Deutungen	84—90
33. Die Wetterkunde des Volkes	90—92

34. Der Gewitterbaum . . . .
35. Der Adamsbaum . . . .
36. Der Abrahamsbaum . . . .
37. Der Regenbaum . . . .
38. Die Windwurzel . . . .
39. Der Wetterbaum . . . .
40. Der Wetterbesen . . . .
41. Der Windbaum . . . .
42 Die Wolkenlandschaft am Himmel . . . . . .
43. Wolkenbaum und Baum des Cultus, der Sage .
44. Die Paradieserzählung eine Parabel . . . . .
45. Paradies und Hölle . . . .
46. Das Paradies der Religion . . . .